ミステリー作家の危うい誘惑

水上ルイ

幻冬舎ルチル文庫

CONTENTS ✦目次✦

ミステリー作家の危うい誘惑

✦カバーデザイン＝久保宏夏（omochi design）
✦ブックデザイン＝まるか工房

イラスト・街子マドカ✦

ミステリー作家の危うい誘惑

紅井悠一

「悠一《ゆういち》くん、少しはあなたのこと教えてくれてもいいじゃない？」

「そうよ。昼間は何の仕事してるの？　それともやっぱり学生？」

僕を取り囲んだ三人のお姉様達が、興味津々の顔でカウンターに身を乗り出してくる。ここは六本木にあるクラブ。ホステスさんがいるやつじゃなくて踊る方。だけど場所柄もあってお客は大人ばかり。その代わり国籍は問わないから共通語は基本的に英語。常連が居座るようなタイプの店じゃないから、密な人間関係もない。ちょっとお酒を飲みたい時とか、ちょっと誰かと話したい時なんかにフラッと来るのにちょうどいい。今日も顔見知りのOLさん達（この近くにオフィスのある外資系企業に勤めてるらしい）が、僕を見つけて近づいてきてくれた。

ダンスフロアを見下ろせる中二階。奥には木製の立派なバーカウンターがあり、いくつかのソファセットがある。手すりのそばには独立した丸型のカウンターテーブルが十組ほど並んで、酔いつぶれたくない客はそこで立ったままお酒を飲む。僕はその一つでボンベイサフアイヤを舐《な》めながら点滅するライトと踊る人々を眺め、誰かが話しかけてくれるのをいつも待ってる。この店は入店料だけで、あとはドリンクフリー。しかもスタッフと顔見知りの僕は入店料も格安。一人きりになりたくない夜にちょっと寄るのにちょうどいい。流れている曲はR&B。見た目は学生みたいとよく言われるけど、大音量のトランスミュージックでボーッとできるほどは子供じゃないし。

「学生じゃないよ。……何やってる人間に見える？」

僕はカウンターに肘《ひじ》を突き、手の上に顎《あご》を載せてお姉様達を見上げる。

「ねえ、言ってみて？」

自慢の甘え声と上目遣いに、彼女達は揃《そろ》ってポッと頬《ほお》を染める。それから、

「グラビアモデル？　身長はそんなに高くないけどスタイルいいし」

「もしかして駆け出しの俳優さんじゃない？　だって、どこかで見たことあるもの」

「そうなのよね、思い出せないけど……ドラマとかに出てたでしょう？」

……たしかにテレビにはたまに出てる。ＯＬさんが観ないような平日深夜、ＢＳの番組とかに。だからちょっとは有名になったかなって思ってたんだけど。

僕は内心苦笑してしまいながら思う。

……僕の知名度も、まだまだだなあ。まあ、どっちでもいいんだけど。

「じゃあ、教えてあげる。ほかの人には内緒にしてね」

僕が言うと、三人は目をキラキラさせながら顔を近づけてくる。

「……実は、作家。ミステリー書いてるんだ」

声をひそめて囁《ささや》いてあげると、三人はうっとりし……それから揃ってぷっと吹き出す。

「まぁた、冗談ばっかり！」

「ミステリー作家って、着物を着たおじいちゃんばっかりなんでしょ？　そんな可愛い顔した作家がいるわけないわよ！」

「悪い子ねえ。やっぱり今日もとぼけるつもりね？」

三人に次々に言われて、僕はにっこり笑ってみせる。

「ちょっとくらい謎な方が、印象強いだろ？　また遊んで？」

言いながら、手すりに引っ掛けてあったフードつきのダウンジャケットを羽織る。

「ねえ、次はいつ来るの？　来週の土曜日はどう？」

「約束はできない。ほら、なんたって、作家は原稿を書かなきゃならないから」

僕は足元に置いてあった小型のメッセンジャーバッグを拾い上げて肩にかけ、不満げにしている彼女達ににっこり笑って手を振ってやる。

「じゃあね、おやすみ！」

引きとめようとする声が聞こえなかったふりをして、踵《きびす》を返す。螺旋《らせん》階段を下り、混《こ》み合ったダンスフロアを通り抜ける僕に、何人もの人が声をかけてくれる。もちろん、僕の本当の職業を知っている人なんか一人もいなくて、みんなただの顔見知り。

……まあ、こんなもんか。っていうか、こういうほうが気楽だし。

僕の名前は紅井《くれない》悠一。二十三歳。一応国内最高峰と言われる大学のひとつ、東峰《とうほう》大学の理学部を出たばかり。会社勤めはしてないけど、フリーで仕事をしてる。知名度があるかといわれればおおいに疑問だし、社会的な地位はゼロと言っていいけど。

……まあ、社会性がないことは自覚してる。勤勉さも皆無。きちんと会社勤めができるとはもともと思ってなかったけどね。

「悠一くん、もう帰るの？」

「私達、あと二十分で上がるんだけど。どっかでお茶しない？」

カウンターの中から、スタッフの女の子達が声をかけてくる。

「ごめん、今夜が〆切なんだ。グズグズしてると担当さんが探しに来るかも」

僕が言うと、女の子達は可笑《おか》しそうに笑う。

「またそれ？　売れっ子のミステリー作家って設定だっけ？」

「あっ、もしかして、誰かとデート？　もしそうなら帰さないわよ？」

チラリと睨《にら》まれて、僕は切なそうな顔で上目遣いをしてみせる。母性本能をくすぐると大好評の、取って置きのヤツだ。

「僕が好きなのはユミちゃんとアユちゃんだけだって言っただろ？　ほかの誰かとデートな

んかしないってば」

二人が揃って頬を染めたのを見て、僕はにっこり笑ってみせる。

「じゃ、また来るね。おやすみ」

いつもお世話になっている彼女達、そして顔見知りのバーテンダーに手を振って、フロアを通り抜けてエントランスを出る。六本木交差点のすぐ近く。街は行きかう車と人々の声で賑《にぎ》やかだけど、大音量の音楽が途切れた途端、なんだか世界に一人きりみたいな気がする。

「……さむっ」

僕はブルゾンの前ボタンを慌てて留め、地上への階段を上りながらポケットから出した携帯の電源を入れる。その途端、まるで待っていたかのように着信音が鳴る。僕は液晶画面を覗《のぞ》き込み、予想していた名前だったことに、思わずため息。

「〆切がない生活、本気で憧《あこが》れるんだけど」

呟《つぶや》いて覚悟を決め、階段の途中で立ち止まってフリップを開いて通話ボタンを押す。

「はい、もしも……」

し、を言う前に、受話口から聞き覚えのある大声が聞こえてくる。

『今夜は真面目に仕事をするって言ったじゃないですか！　携帯の電源は入っていないし、後ろから車の音が聞こえてます！　まさか今夜が〆切なのに遊び歩いているんじゃないでしょうね？　そんなことをしていると……』

僕は携帯を耳から離して、怒鳴り声を聞き流す。ビンビン響く小言が終わるのを待ってから、携帯電話を耳に当てる。

「ごめんね、藤巻《ふじまき》くん。携帯の電源が切れてるのに気づいてなかったんだよ」

僕は階段を上りながら、『さんざん仕事をしてすっかり疲れてる』って感じの声で言う。

「もちろん、今日は一日ちゃんと部屋にいたよ。だけど、ちょっと詰まっちゃってさ。外に出て、カフェで仕事してるところ。もちろん遊んでなんか……」

「なるほどね」

すぐ後ろから聞こえてきた、これも聞き覚えのある声に、僕はぎくりと固まる。

「ふうん……たしかに、静かで、とても落ち着きそうなカフェですね」

おそるおそる振り向くと、そこにはよく知っている長身の男が立っていた。僕が上ってきた階段の上にある『CLUB Cool & Smooth』のネオンと僕の顔をわざとらしく見比べ、端麗な顔ににっこりと笑みを浮かべてみせる。

「原稿ははかどりましたか、紅井悠一先生？」

長身のハンサムは、高柳《たかやなぎ》副編集長。僕が仕事をしている出版社、省林社《しょうりんしゃ》文芸部門のやり手副編集長。そして彼の後ろには携帯電話を持った僕の担当、藤巻が立っている。

……やられた。一歩遅かった。

僕は思い、高柳副編集長を睨み上げる。

「僕にだって原稿が進まない夜があるんですってば。……っていうか、あなたこそこんなところで何やってるの？　もしかして遊びに行く途中？　作家達が死ぬ気で原稿書いてる間に？」

高柳副編集長は肩をすくめて、平然と僕の言葉を聞き流す。それから、

「尾方《おがた》さんから藤巻に担当が代わってから、まったく原稿が上がらなくなりました。ですから実地で教えているところです。新人研修かな」

「教えるって、何を？」

僕が言うと、高柳副編集長はさらに笑みを深くして言う。

「逃亡した作家の、捕獲方法です」

……なんだよそれ、まるで野生動物みたいに。

僕が女友達に言っているプロフィールは、実は嘘じゃない。僕は本当に新進のミステリー作家。大学在学中に書いた第一作を気まぐれで江戸川《えどがわ》欄歩《らんぽ》賞に応募し、それが大賞を取ってしまっていきなり小説家デビューが決まった。

口の悪い同業者からは、下積みもなく苦労もなくデビューした、世間知らずの物知らずと言われてる。大作家とついつい衝突することも多くて、編集さんをビビらせてる。けど、作家って人種とはわりとウマが合うみたいで、喧嘩《けんか》しても後で仲良くなったりできる。

〆切はきついけど一応ヒットも飛ばしたし、順風満帆の人生のような気がする。ラヴに関

することと、そしてどうしても〆切を破っちゃうことを除いては……だけど。

「さて」

高柳副編集長はにっこり笑って僕の肩にポンと手を置く。

「やっと捕まえたので、逃げられる前に、檻《おり》に入れ……ああ、失礼。檻ではなくて、ご用意した旅館の部屋に宿泊していただきます」

「えっ、何それ？　僕、一人でちゃんと……」

「カンヅメには、藤巻がお供します。来週の今日までに雑誌用原稿、四十二ページ分。四百字詰め原稿用紙に換算してだいたい百六十枚。もちろん書けますね？」

にこやかに言うけれど、その目はまったく笑ってない。元の顔がめちゃくちゃハンサムだから、こんな目をされると本当に怖い。

「ちょっと待って。そんなの絶対無理……」

僕が言いかけた時、ポケットに入っていた携帯電話が振動した。

「あっ、電話。ちょっとすみません」

追い詰められていた僕は、慌ててポケットから携帯電話を取り出す。

……助かった。電話をして時間が稼げれば、何か作戦を立てることもできるかも？

思いながら電話のフリップを開き、そして画面に表示されていた『兄さん』の文字にドキリとする。

「家族からなんで、静かにしててくださいね」

僕は二人に向かって言い、深呼吸をしてから通話ボタンを押す。

『悠一』

受話口から聞こえてきた低い声に、僕はドキリとする。

「兄さん。どうしたの?」

『今、何時だと思っている?』

「すみません、兄さん。今、仕事の打ち合わせ中なんです」

『仕事? 本当に?』

「はい。あと、これからちょっとカンヅメにならなきゃならないみたいな……」

『またなのか? 先月もそんなことを言って外泊したじゃないか』

兄の声がいぶかしげに曇る。僕は内心ため息をついて、

「ええと……高柳副編集長と代わりますね」

僕は言って振り返り、携帯電話を高柳副編集長に差し出す。僕の家の事情をよく知っている高柳副編集長は、またですか、という顔でチラリと肩をすくめてから電話を受け取る。

「お電話代わりました、省林社の高柳です」

僕に意地悪をする時とは別人みたいに爽やかな声。僕の原稿の状況を手際よく説明し、あっさりと外泊の許可を取ってしまう。

CLUB

「先生の身辺は我々でお守りしますので、どうかご心配なく。はい。では、失礼いたします」

高柳副編集長は言って電話を切り、ため息をつきながら僕に電話を差し出す。

「お兄さんはあんなにきっちりしていらっしゃるのに、弟のあなたがこんなにユルユルなのはどうしてなのでしょうね？」

「男らしいルックスも、優れた頭脳も、きちんとした性格も、兄さんが全部持って行っちゃった。母さんのお腹《なか》にはほとんど何も残ってなかったんだよ」

僕は携帯電話を受け取りながら言い……自分で言っておいてちくりと胸が痛むのを感じる。

これは物心ついた時から親戚からも両親からも言われ続けてきたことなんだ。

……だけど、兄さんだけは僕に「おまえは綺麗《きれい》だ」「おまえは頭がいい」「数学の才能がある」ってずっとかばってくれていて……。

「やっぱり帰りたい。兄さんに会いたい」

僕が思わず言ってしまうと、隣に立っていた藤巻が、感心したように言う。

「ほかの編集から聞いてはいましたが……紅井先生のブラコンもそうとう重症で……」

「兄さんは本当に素敵なんだ！　誰だって惚《ほ》れるに決まってる！　ブラコンとは違う！」

「でもねえ……」

「時間の無駄ですから、くだらない言い合いはしない。……部屋の予約、取れましたよ」

高柳副編集長が僕と藤巻の言葉を遮る。いつの間にか自分の携帯電話を出して旅館に電話していたらしい。

「さっさと移動してください、紅井先生。この間説明したから、場所はわかるな、藤巻？」

「ええと〜、どこでしたっけ？　あっ、メモを会社のデスクに置いてきちゃったかも……」

慌ててスーツのポケットを叩《たた》きながら言う藤巻に、僕と高柳副編集長は揃ってため息をついてしまう。僕は、

「いつもの旅館でしょ？　そこならわかるからいいけど……なんで作家が担当をガイドしなきゃならないわけ？　相手が初めてカンヅメになる先生だったらどうするんですか？」

不満な気持ちを示すために睨み上げると、高柳副編集長はにっこり笑って言う。

「幸いにも紅井先生はカンヅメに慣れていらっしゃるので。じゃあ、藤巻をよろしくお願いします。……ああ、それから」

彼は口元に笑みを浮かべたまま、僕をギラリと睨んでくる。

「ここから旅館のある湯島までなら、四十分あれば十分でしょう。その頃に旅館に電話します。途中で道草を食っていたらただでは済ませませんよ？」

「えぇーっ、せっかくだから麻布ヒルズの中にあるトラットリアで夕食を食べてから行こうと思ったのにぃ。申し訳ないから藤巻くんにもご馳走《ちそう》するし……」

「本当ですか？　働きづめでお腹がペコペコで……」

「藤巻」

高柳副編集長が、嬉しそうに乗ってきた藤巻の言葉を遮る。

「これが紅井先生のいつもの手だ。麻布、六本木界隈《かいわい》は彼の庭だから、隙を狙《ねら》って逃げられる。食事は旅館ですべて用意してくれる。さっさと湯島に移動しろ」

「……チッ、ばれたか」

思わず舌打ちをした僕を見下ろして、高柳副編集長がため息をつく。

「今回の担当替えは、尾方の職位が上がって忙しくなったのが第一の理由ですが……実は、紅井先生の力をお借りしたくてという意味も大きい。新人の藤巻が立派な編集になれるように、よろしくお願いします」

真面目な声で言うけれど、彼は作家をもち上げるためならどんなことだって言う。きっとこれも口からでまかせに決まってる。

「ですから、今までのように遊ばれては困ります。自覚してくださらないと」

高柳副編集長はにっこり笑って僕の顔を見下ろしてくる。

「紅井先生は、やればできる方です。きっと藤巻を立派な編集に育て上げてくださると信じています」

「ええ〜、僕なんかにそんな大役、つとまるでしょうか？」

「もちろんですよ」

「本当にそう思ってます？」

「この私が嘘をつくと思いますか？」

僕は彼に笑い返しながら、心の中で叫ぶ。

……嘘つき！　僕が編集部のお荷物だから、たらいまわしにしただけのくせに！

氷川俊文

「ふう、手のかかる作家の捕獲は本当に大変だ」

ガラスのドアを開けて入ってきた男が、スーツのポケットからタバコの箱を取り出しながらため息をつく。

ここは省林社のオフィス内にある休憩室。そこからガラスで仕切られた、喫煙スペースの中だ。休憩室の壁は二方向がガラス張りで、その向こう側には東京の夜景が広がっている。

「今夜は、いったい誰を捕獲していたんだ？」

私が言うと、彼は答えないままタバコをくわえてライターで火を点《つ》ける。美味《うま》そうに一息すってゆっくりと煙を吐き出してから、可笑しそうな顔で私を見る。

「……紅井悠一」

彼の口から出た言葉に、私の鼓動が微《かす》かに速くなる。

硬めの正統派文学、もしくは凝りに凝った本格ミステリーが主流の省林社の中で、紅井悠一のような軽めの作風は異色だ。だが、彼の書く文章は独特のリズムがあって軽快、あらすじは王道だが勧善懲悪で痛快、登場してくるキャラクターはなんともいえず魅力的。江戸川欄歩賞を受賞した彼の作品を読んだ高柳が、心底惚れ込んで依頼をした理由がよく解《わか》る。まあ、スパルタ式に作家を育てる主義の高柳が「実はあなたのファンです」などとは絶対に口にはしないだろうが。

紅井悠一の作品に登場する気取らない等身大の探偵に、読者は抵抗なく自分を投影する。だが読み進めていくうちに探偵の繊細な心の動きや登場人物達の本当の姿が浮き彫りになり、気軽に楽しんでいた読者は驚き、胸を痛める。そしてスリリングなクライマックスを経て、登場人物達は救われ、新しい未来へと旅立つ。読者はそこで呪縛《じゅばく》から解放され、なんともいえない幸せな気分で読書を終える。ジェットコースターにでも乗せられたかのような爽快感が、不思議と癖になってしまう読者は多い。

「そういえばおまえ、紅井先生の熱烈なファンなんだって?」

彼の問いに、私は深くうなずく。

「ああ。すべての本を買っているし、次の新作も喉《のど》から手が出るほど読みたい」

彼は眉《まゆ》をチラリと上げてタバコを吸い、その煙をゆっくりと吐き出してから言う。

「まあ……紅井先生の新作は、私だって喉から手が出るほど読みたいよ。あの素晴らしいプロットを読んでしまってからは、なおさらだ」

彼は言い、唇の端に意地の悪い笑みを浮かべて、

「実は雑誌の最終〆切までは、もう少し日があるんだ。だがカンヅメにしたからもうすぐ読める。我ながらいい仕事をした」

満足げな言葉に私はため息をつく。

「そんなことをして身体《からだ》を壊したりしないのか？」

高柳は肩をすくめて言う。

「紅井先生はなかなかやる気を出さないが、実はとんでもない速筆なんだよ。やる気になれば一日に原稿用紙六十枚は書く。雑誌原稿なら三日で終わる計算だ。しかもギリギリまで追い詰めた方が、格段にいい原稿が出る」

初めて聞いたその話に、私は驚いてしまう。

「〆切間際、切羽詰まって一日で五十枚も六十枚も書いた、というのはたまに聞くが……それを何日も続けて一気に書き上げるというのは……」

「なかなかいないだろう。……体調を崩すほどムリをさせないように、一週間の猶予を与え、さらに藤巻をおいてきた。紅井先生は一人だと思いつめるが、人目があれば適当にサボる」

彼は言い、それから私を見据えて、

「仕事なので省林社から出る本のすべては読んでいると思うが……プライベートで読むなら、本格ミステリーか重めの文学が専門だと言っていたじゃないか。どうして紅井先生の本だけは例外なんだ？」

彼の言葉に私は少し考える。それから、

「さあ、自分でもわからない。だが……彼の本にはどうしようもなく惹《ひ》かれるんだよ」

私の言葉に、高柳はクスリと笑う。

「まあ…その気持ちはわからないでもないよ」

紅井悠一

「あああ〜、書けない！　全然書けなぁい！……休憩！」

　僕は叫び、座椅子から立ち上がって畳の上に転がる。古い旅館だけど手入れは行き届いていて、畳は青々として新しい。開け放した障子の向こうに見えるのは、小さな庭とそこに植えられた梅の木、その枝にかかる金色の月。

　高柳副編集長と藤巻に捕獲され、旅館にカンヅメにされてから三時間。時刻は夜中の二時。監視役の藤巻は、書類を書いたり、編集部に電話を入れたり、ほかの誰かの原稿の校正をしたりして忙しそうに働いてる。だけど僕はまだほんの数行書いただけ。

「イグサのいい香り！　畳の上でこのまま大の字になって眠れたら気持ちよさそう！」

「紅井先生、十分前に休憩したばかりですよ！」

　畳の上に置かれた、塗りのローテーブル。向かい側に座っていた藤巻が、途方に暮れたように言ってくる。僕は彼を睨んで、

「だって疲れたんだもん。……ええ〜、休憩も許されないの？　もしかして藤巻くん、僕達

作家のことを原稿を書く機械だと思ってるんじゃないの？」

「えっ、そんなことはっ」

「ひど～い！　編集さんが作家を機械扱いするなんて～」

「ちっ、違います！　一人一人の作家さんの作品を心から愛し、執筆しやすい環境を作ることが私たち編集の……」

……あー、からかうと面白い。

必死で言葉を続けている藤巻の声を子守唄にして、僕は目を閉じる。

「ああ……紅井先生、寝ちゃダメですってば！」

藤巻が言った時、ローテーブルに置かれた彼の携帯が振動した。僕は片目だけ開けて、

「うわあ、こんな時間に電話がくるなんて。……もしかしてカノジョ？　僕のお守りはいいからカノジョのところに行ってあげれば？」

「ち、違いますよ！　カノジョなんか、ここ数年できたことがなくて……」

藤巻は真っ赤になりながら携帯を取り上げ、液晶を確認する。

「編集部からです。高柳副編集長、まだ会社にいるのかな？……失礼します」

彼が言って通話ボタンを押した途端に、受話口から高柳副編集長が、何かを怒鳴っているのが聞こえてくる。藤巻は驚いたような顔で携帯電話を耳に押し当てる。高柳副編集長は仕事の鬼だし穏やかとはとても言えない性格だけど、普段はシニカルで意地悪。にっこり笑っ

て心に突き刺さるような強烈な皮肉を言うのが、いつものやり方。その高柳副編集長が声を荒げるなんて、ほとんど聞いたことがない。

「玉置《たまき》先生にはちゃんと誠心誠意謝ったつもりだったんですけど……ええっ？　まだそんなに怒っていらっしゃるんですか？」

藤巻が慌てたように言っている。

玉置先生というのは、ヒットを何本も飛ばしている新進ミステリー作家。パーティーで何回か会ったことがあるけれど、個性的な人間の多い出版業界には珍しい、穏やかで大人な感じの人だったのを覚えている。

……あの玉置先生をそんなに怒らせたのか……？

僕は畳の上に起き上がり、真っ青になっている藤巻を見上げる。

……今度は、いったい何をやらかしたんだよ？

藤巻は少し前まで営業部にいた。発刊数が増えた上に高柳副編集長と尾方さんの職位が上がって事務処理が忙しくなったのを理由に、補充人員として異動してきた。そして何人かの作家の担当を引き継いだ。僕も引き継がれたうちの一人だ。

彼は本好きで、ずっと新人賞の下読みを手伝っていた。今は超売れっ子になった柚木《ゆずき》つかさを最初に見出したという、慧眼《けいがん》のミステリーマニアだ。だからセンスも知識もあるけど……まったく畑違いの仕事をしていたせいか、ものすごい勢いで空回りをすることも多くて……。

「ええ、そりゃあ……〆切を間違えてお伝えして、本の発刊が一カ月ズレたのはおれが悪いです。予告も出ちゃってたし。でも印刷所さんももうちょっと待ってくれてもよかったのに」

……なんだそりゃ？

僕は思わず畳の上に起き上がる。玉置先生は〆切を破らないことで有名な先生で、デビューしてこのかた、一冊も本が発売延期になったことがない。ギリギリの本数をこなす売れっ子だと、何度かやむをえない発売延期を経験することはある。だけどそれは本人が体調を崩したり、他社の仕事がどうしようもなくズレ込んでしまったりした結果だ。小説家って適当に〆切を破りまくるいいかげんな人種みたいに言われてるけれど、実はほとんどの場合、延期の裏にはやむをえない大変な事情がある。作家本人の評価も落ちるし、イラストレーターさんや装丁デザイナーさん、印刷所さん、それに流通にかかわる人たちに迷惑がかかることは解っている。それに何よりも楽しみに待ってくれている読者さんをがっかりさせるから、発売の遅れは極力避けなくてはいけない。だから、担当の連絡ミスで発刊がズレたなんて、普通じゃあり得ないことで……。

僕は呆然《ぼうぜん》としてしまいながら、まくしたてている藤巻を見つめる。

「はい、ちゃんと菓子折りを持ってご自宅までうかがいました。電話に出てくださらなかったので、事前連絡はできませんでしたが。先生が怒って入れてくださらなかったので、玄関の前で三時間待ちました。最後は大雨になったので奥様が気の毒がって玄関に入れてくださって……でも玉置先生は顔を出してくださらなくて……だから菓子折りは奥様に渡して……でも、そこには直筆のお詫《わ》びの手紙が同封されていましたし……」

「……なんて迷惑な……」

僕は思わず呟いてしまい、それからとんでもない担当がついちゃったなあ、と思いながらため息をつく。

玉置先生は、奥さんとまだ小さいお子さん三人と一緒にアパート暮らしをしていたはず。その玄関先に藤巻みたいなガタイのいい男が何時間も立ち、「先生〜」とか哀れっぽい声で言いながら呼び鈴を何度も押し、最後にはずぶぬれになって……そんなの、想像するだけで恐ろしい。

「えっ、おれの顔も見たくないなんておっしゃってたんですか？　担当替え？　そんな！でしたら、今からおれが直接伺って先生にお詫びを……！」

「今から？　夜中の二時だよ？」

僕は思わず叫んでしまう。電話の向こうからも同じような言葉が漏れてくる。高柳副編集長もそうとう呆《あき》れているだろう。藤巻がきょとんとした顔をし、僕を振り向く。その顔には「どうしてダメなんですか？」とでも言いたげな表情が浮かんでいて……彼が正真正銘の天然ボケであることが伝わってくる。

……ああ、やっぱり、とんでもない担当がついちゃった。

藤巻は念願の編集部員になれたことが嬉しくて仕方がないみたいだけど……生来の運動部気質と無駄な行動力が仇《あだ》になって、とんでもないミスを連発している。聞いたところによると、ほかにもベテランの作家に偉そうに説教してとんでもなく怒らせたこともあるそうだが、さらに今度は作家の家にアポなしで押しかけるという伝説まで増やしたらしい。

「え？　明日、高柳副編集長が話し合ってくださるんですか？　でしたらよろしくお願いします。電話をいただけたら、すぐに先生宅に向かいますので……！」

……だから、やめろっていうのに……。

玉置先生は省林社だけでなくほかの会社の連載も持つとても忙しい身。本当にものすごく迷惑だろう。

僕は、藤巻の真《ま》っ直《す》ぐで熱血な人となりはすごく好きだ。だけど現時点で、編集としてははっきりいってダメダメだと思う。作家って一作コケたらおしまいの職業だと思ってるし、その分売れない本を書くことは許されないと思ってる。だから余計なことは考えたくないのに……。

……〆切を破りまくったバチが当たったのかもしれないけど……。

僕は張り切って電話に向かって叫んでいる藤巻を見ながら暗澹《あんたん》たる気分になる。

……ああ、こんな担当がつくなんて、まるで罰ゲームだ。

◆

「悠一」

一週間のカンヅメの後。とりあえず第一稿を藤巻に渡した僕は、タクシーで自宅に戻った。そして自室のソファに寝転がり、その途端に爆睡してしまった。だけど……。

「悠一？」

寝ぼけていた僕は、すぐ近くで聞こえた低い声に一気に目を覚ます。

「お、お帰りなさい、兄さん」

言って慌てて起き上がり、くしゃくしゃになっているであろう髪を撫《な》で付ける。

彼は僕の実の兄、紅井秋一《しゅういち》。二十八歳。今は東峰大学理学部の准教授をしてる。小さい頃からなんでもできた兄さん。いつも生徒会長で、学校一の成績で、それだけじゃなくてスポーツだって音楽だって誰も敵《かな》わなかった。身体が小さくて苛《いじ》められてばかりの僕を、兄さんはいつでも助けてくれた。兄さんは僕にとってずっと憧れの存在だった。

……兄さんに格好悪いところだけは、絶対に見せたくないのに！

僕の慌てように、兄さんは眉をひそめて、

「もうすぐ夕食の時間だ。こんな時間から眠っているなんて、作家のカンヅメとやらはそうとうおまえの体力を奪っているのだろうな。まさか徹夜をさせられていたんじゃないだろうな？」

苦りきった声で言われて、僕は慌てる。

「ま、まさか。きちんと七時間は寝ていたし、食事だって三食きちんと食べていたよ」

にっこり笑いながら言うと、兄さんは少しだけ安心したように、

「それならいいが……身体を壊すような仕事なら、すぐに辞めさせる。わかっているね？」

「大丈夫だよ。出版社の人が隣の部屋で原稿を待っているっていうだけで、いつもと同じ規則正しい生活だったよ」

僕は言いながら、嘘をついたことを後ろめたく思う。

……わずかな例外を除けば、カンヅメというのは本当に切羽詰まった状態でだけ発生する。よく食べてよく眠る……そんなユルいカンヅメなんか、あるわけがないんだけどね。

「それなら早く着替えてダイニングに来なさい。ディナーに遅れるなんて無作法は、紅井家の男として許されないぞ」

兄さんは真面目な声で言う。僕は慌ててうなずいて、

「わかりました、着替えてすぐに行きます」

兄さんはうなずき、踵を返して部屋から出て行く。いつもと同じ広い背中。一分の隙もな

く着こなしたスーツ。大学の研究室なんて多少だらしない格好でも許されるだろうに、兄さんはいつも完璧なスーツ姿。ハンサムな顔とあいまって女生徒のファンの数もすごいと聞いた。

……そうだよなあ、やっぱり格好いいもんなあ。人気あるのがうなずけるよ。

僕はうっとりとため息をつく。寝不足でくらくらしながら立ち上がり、よろよろしながらクローゼットのあるベッドルームに向かう。

今はごく普通の生活だからあまり想像できないんだけど……紅井家は元は広大な領地を持つ大地主で、かなりの富豪として知られていたらしい。明治時代に建てられたこの屋敷も、とても立派で広大なもの。文化財に指定したいというオファーも何度か来ているらしい。「紅井家の屋敷を一般人に公開するなんてとんでもない」という両親と兄さんの意見で毎回突っぱねているみたいだけど、いつかは国に取られそうな予感がする。それほど立派で、でもものすごく住みづらい。こんな屋敷、観光客が通りすがりに見ていくのにちょうどいいだろう。

富豪の家に長男として生まれ、甘やかされて育った父さん。やり手だった祖父さんの亡き後、いくつもあった会社の実権をほかの取締役達に取られるまで、たいして時間はかからなかった。

今は肩書きだけは一応小さな会社の会長におさまっているけれど、それくらいの給料で昔の栄華を維持するのは無理だ。屋敷の維持費と使用人たちへの給料、それにお姫様みたいに育った母さんの服や食事代、昔と同じように社交を続けるための費用……それはほとんど兄さんの給料でまかなわれている。僕もきちんとお金を出したいのに、兄さんは頑として受け取ろうとしない。それが紅井家の長男の務めだから、と言い張って。

時代から取り残されたようなこの屋敷には、紅井一族の歴代当主の幽霊が住んでいるみたい。もしも見えたら、彼らは一人残らずきっちりと燕尾服《えんびふく》を着て、眉間《みけん》に皺《しわ》を寄せているだろう。

ベッドルームに入った僕は、部屋の一角に置かれた巨大なクローゼットを開きながら思う。祖母さんが英国から取り寄せたというアンティークのそれは、扉はきしむし、象嵌《ぞうがん》細工が欠けてかなりみすぼらしい。だけど由緒正しい品だということで、修理すら許されないんだ。

僕は手を伸ばして、ハンガーからワイシャツを外す。この屋敷の執事はかなりの高齢で目が悪くなっているから、彼がアイロンをかけるといつもワイシャツの背中に妙な皺が寄る。父さんや母さんはいつも怒っているし、完璧主義の兄さんは執事には渡さずに自分の服は自分でクリーニングに持って行く。僕は執事がアイロンをかける前（彼はすべての仕事が終わった後、夜中にアイロンをかけるんだ）、洗濯室にたたまれているそれをこっそり取ってきて、自分でアイロンをかけることにしてる。父さん達に見つかると『紅井家の人間が……』と叱《しか》られそうだから、旅行用の小さいアイロンで。

……まったく、面倒くさいよなあ。

遊びに来た学友達には「すごい豪邸に住んでうらやましい」っていつも言われていたけれど、僕は逆に、住みやすくてあったかい彼らの家がうらやましかった。

僕は最速でシャワーを浴び、慌てて身体をタオルで拭《ぬぐ》って下着をはく。ワイシャツとスラックスを身につけ、ベルトを締める。

……っていうか、家族で夕食を食べるだけなのに、なんで着替えるんだろう、うちって？

襟元《えりもと》に英国風のストックタイを結んでから、上着を羽織って部屋の隅の姿見の前に立つ。

普段着は自分で選んでいるけれど、家でのディナーやパーティーの時に着るための服は執事が用意する。彼が昔から使っているテイラーの店主もやっぱりかなりの高齢で、だからラインは一昔前の英国風。要するにかなり野暮ったい。

「はあ、せっかく僕みたいな美青年が着るんだから、もうちょっと今風にできないのかな？」

僕は呟き、そんなことがこの紅井家で許されるわけがない、とため息をつく。

「服だけならまだマシだ。今の仕事を許してもらえてるほうが奇跡だよね」

父さんと母さんは『小説家』って肩書きしか知らないから、僕が執筆を続けることをなんとか許してくれている。パーティーで「うちの長男は数学、次男は文学をやっていまして」とか自慢げに言っているところを見ると、どうやらお堅い文芸作品を書いていると思ってるんだろう。

　僕が実は大衆的なミステリーを書いていることを知っているのは、家族では兄さんだけ。そしてずっと猛反対されてる。兄さんは大衆的な小説を軽蔑《けいべつ》しているだけでなく、どうやら僕に自分の研究室に入って欲しいと思っていたみたいなんだ。

　数学はちょっと得意だったから一応理学部に進んだんだけど……自分に数学者になれるほどの頭脳と研究心があるとは思えない。

　さらに、大学生時代に「0～9までしかない数字を組み合わせて扱うのはちょっと退屈」と思ってしまった。日本語はひらがな、カタカナ、さらに漢字もあわせるととんでもない数になるし、それを組み合わせ、さらに並べて文章にし、それを組み上げて一冊の物語にするのはとても興味深い。それが情景や人の感情の流れを表すなんて……数字ばかりを扱ってきた僕にとっては信じられないほどエキサイティングだ。

　そして、僕が不器用に組み上げたその文章を読んで、喜んでくれる人がいるっていうのは本当に幸せなことだと思う。毎回毎回、〆切をギリギリで切り抜けるタイトロープみたいな作家人生だとしてもね。

「……はあ」

　僕はもう一度ため息をついて、鏡の前を離れる。ベッドルームを横切って専用のリビングに出て、そのまま部屋を突っ切る。この屋敷は一部屋一部屋がやたらと広くて、僕が使っているこの二部屋もそれぞれが二十畳くらいはある。だけど石の壁に穴をあける工事ができないせいで、エアコンはない。冬は旧式のオイルヒーター、夏は扇風機で気温を調節するしかないから……ものすごく居心地が悪い。本当ならさっさと屋敷を出て狭くてもいいから快適なマンションにでも住みたいんだけど……両親、そして兄さんは絶対に許してくれないだろう。

専用リビングを出たところで、高齢のメイド長と鉢合わせになる。もう七十歳近いであろう彼女は黒のロング丈のメイド服と長い白いエプロンを着《つ》けている。僕をキッと睨んで、

「ディナーの準備ができております。みなさんお待ちでございますよ」

低い声で言って踵を返し、僕の前に立って歩きだす。まるで児童文学に出てくる怖い家庭教師みたいな雰囲気の彼女が、僕は昔から苦手だった。彼女は兄さんには普通に接しているけれど、僕にはいつも冷たい。彼女は代々この紅井一族に仕えてきた家柄の人だから、僕みたいに不真面目なやつが紅井家の一員ってことがきっと許せないんだろう。

……僕、やっぱり屋敷を出た方がいい気がするんだけど。

思いながら、彼女のあとについて階段を下りる。階段の下は広々としたエントランスホール。石の床を持ち、天井が吹き抜けになったここは今にも凍えそうに寒い。

「さむっ。この屋敷を歩く時は、コートを着てもいいかなあ？」

僕が思わず言うと、彼女はいきなり立ち止まり、振り返ってキッと僕を睨む。僕は降参の

意味で両手を上げて、

「ウソウソ。冗談だってば」

言うと彼女はもう一度キッと僕を睨んでから、エントランスホールを通り抜けて食堂に続く廊下に入る。廊下は中庭に向けて窓が作られていて、歪んだ窓枠の隙間から風が入るのか、さらにひんやりとしている。

「やっぱりめちゃくちゃ寒い。僕らは上着を着てるからいいけど、メイドのみんなはその服装だから、きっともっと寒……」

僕は言いかけ、またものすごく怒った顔で睨まれて慌てて口をつぐむ。彼女は黙ったままため息をつき、そのまま廊下を進んでダイニングに続くドアを大きく押し開く。

どんなに広大な屋敷に住んでいたとしても、普段は家族用の狭いダイニングで食事をするのが普通だと思う。だけど、この紅井家は例外。まるで昔の栄華《せいさん》を忘れないようにしているかのように、かたくなに客用のダイニングを使う。もちろん正餐用のさらに大きなメインダイニングもあるから一番広い部屋ってわけじゃないんだけど……それにしても、常識はずれだと思う。

ドアの正面にあるフランス窓からは、暗い中庭を見渡すことができる。左側には細長い――広さは五十畳だったかな――部屋が続いている。そこに置かれたダイニングテーブルは、短辺に一人ずつ、長辺に十五人ずつ、合わせて三十二人が座れるもの。そこには今夜もきっちりとテーブルクロスが敷かれ、金色の燭台《しょくだい》には蠟燭《ろうそく》が灯《とも》されている。まるでこれから晩餐会でも始まりそうな雰囲気なのに、グラスやカトラリーが用意されているのは一番奥の四人分だけ。控えている使用人も、執事が一人とフットマンが一人、メイド長よりは少しだけ若いメイドが一人だけ。銀のカトラリーは曇り、並んだグラスは傷ついて古ぼけている。天井から下げられたシャンデリアは、ところどころの電気が切れている。神経質な父さんが何度も注意しているけれど、それもどうやら無駄みたいだ。

すでにテーブルについている三人、そして壁際に控えた使用人達が、僕を注視しているのが解る。まるで滑稽《こっけい》でシュールな劇の登場人物になったみたいな気分で、僕は食堂を突っ切って自分の席に向かう。

「遅れてごめんなさい。おめかししてたら、ちょっと時間がかかっちゃって」

わざとおどけて言った声が、高い天井に空《むな》しく響く。

「ああ、お腹すいちゃったな」

僕は言いながら、兄さんの隣の席に腰を下ろす。そのタイミングを見計らったように、専属シェフがワゴンを押しながら入ってくる。両親は、家族のディナーの時にでも高い食器を使いたがる。ワゴンに載っているのも、祖父ちゃんの代に欧州から取り寄せたという銀器達。蓋《ふた》の閉じられた大きなスープボウルや大皿は、ものすごく重いはず。高齢で腰の悪いシェフがワゴンを押すのはけっこう大変なはずだ。なのに執事もメイド長もそれを冷ややかに見つめるだけ。若いメイドやフットマンはこの屋敷に来てほんの一カ月くらいだから、勝手が解らないみたい。顔を見合わせてどぎまぎしてる。

「林《はやし》さん、今日のメニューは何？」

僕は立ち上がって部屋を横切り、彼が押しているワゴンに載せられた大皿の蓋を取る。

「わあ、チキンのワイン煮。マッシュポテトと人参のグラッセも大好き。めちゃくちゃ美味《おい》しそうだ。早く食べたい」

言いながら彼の手からワゴンを受け取る。

「……申し訳ありません、坊ちゃま」

小声で囁いてくる彼に、僕はやっぱり小声で囁き返す。

「……こっちこそ重いもの運ばせてごめん。ちゃんと執事に言ったんだけど」

それから驚くほど重かったワゴンを、テーブルの脇まで押してくる。

「ねえ、自分で取ってもいい？　美味しそうだからいっぱいもらいたいな。三人前くらい食べていい？」

「坊ちゃま、わたくしが」

執事が慌てて駆け寄ってきて、僕の手からワゴンを受け取る。メイドやフットマンに合図をして、給仕をするように命じている。不慣れなメイドは緊張してテーブルクロスにソースを零《こぼ》し、執事からきつい口調で叱られている。

……どうせ、『屋敷』『メイド服』ってキーワードにつられて応募してきただけの若者だ。叱ったら可哀想《かわいそう》だよね。

フットマンがおぼつかない手つきでミネラルウォーターを注《つ》ぎに来る。グラスの縁と瓶《びん》の口が触れて、グラスが倒れそうになる。僕はそっと手を伸ばしてグラスの底に手を載せ、倒れないように支えてやる。

「あ、すんません」

フットマンはいかにも今時の若者っぽい口調で言ってしまい、執事にまた叱られる。部屋の向こうでは、床に人参を落としたメイドがメイド長に怒鳴られる。

……うちの屋敷の若い使用人がどんどん入れ替わるのは、きっとこの二人のせい、そして父さんが給料をケチるせいだろう。僕だったら、絶対にやってられないもん。

僕は内心深いため息をつきながら思う。

……ああ、生まれてこの方こんな屋敷で生きてきたなんて、自分でも信じられないよ。

まあ、屋敷自体はいかにも殺人事件が起こりそうな陰鬱《いんうつ》とした雰囲気だし、意地悪な使用人はミステリーには不可欠。原稿を書くにはうってつけの環境ともいえるんだけど。

大学生だった僕は、窮屈なこの屋敷に住み、しかも一人暮らしを絶対に許してもらえない鬱憤を小説を書くことで発散していた。生まれて初めて小説ってものが書けて、それだけで一応満足だったんだけど……ためしにプリントアウトしてみた原稿は、なんだかちょっと立派に見えた。だからそのまま捨てるのがちょっともったいなくなって、封筒に突っ込んだ。そしてたまたま手元にあった雑誌をめくって江戸川欄歩賞の応募要綱を見つけ、書いてあった住所にその封筒を送ってしまった。初めて書いた小説が評価されるなんて夢にも思ってなかったから、本当は闇《やみ》に葬ったつもりだったんだけど……。

だけどなぜかいきなり高柳副編集長から電話がかかってきて受賞を知らされ、あれよあれよという間にデビューが決まってしまったんだ。

もともと本を読むのが好きだった僕は、小説家になれたことがなんだかとても嬉しかった。だからデビューが決まって兄さんにそれを報告したんだけど……、「おまえは数学の才能がある。大学を卒業したら大学院に進み、将来は私と同じ研究室に入って欲しい。そんなお遊びはすぐにでもやめなさい」と言われてショックを受けた。たしかに兄さんが読むのは数学関連の研究書ばかり。兄さんの書斎の巨大な本棚にはもちろんミステリーなんか一冊もない。覚悟はしていたけど、少しは喜んでくれると思っていたのに……。

やけくそになった僕は執筆に没頭し、作品はヒットした。「他社で書いたらひどい目にあわせますよ？」とか高柳副編集長に脅されて、そのままシリーズになった。だけどその『名探偵・紅井悠一の事件簿』に出てくるハンサムで渋い刑事『黒田修一《くろだしゅういち》』のモデルにしたのは、何を隠そう兄さん。主人公とその刑事が仲良くしている場面を書くだけで、なんだか心が痛む。やっぱり僕は、兄さんのことが本気で好きみたいなんだよね。

「高柳副編集長、お願いだからサイン会に一緒に来て！」

僕は、悠々とバーボンを舐める高柳副編集長に向かって、必死で懇願する。

◆

ここは麻布ヒルズ近くにあるバー。作家の行きつけで、今夜も常連が集まっている。メンバーは大城貴彦《おおしろたかひこ》、草田克一《そうだかついち》、押野充《おしのみつる》、新人の柚木つかさくん、そして編集の小田雪哉《おだゆきや》くんと、カリスマ編集といわれた天澤由明《あまさわよしあき》さん。大城と小田くん、天澤さんと柚木くんはそれぞれデキてるんじゃないかと僕は勝手に思ってる。だって、見るからにラヴラヴで微笑《ほほえ》ましいし。

「あの藤巻と二人で宣伝活動なんて、絶対に無理だよ！」

僕が必死で言うと、ほかのメンバーが苦笑する。

「藤巻氏、やけに嫌われてるなあ。ちょっと可哀想だ」

「話すと面白いし、いい人だと思うけど？」

言ったのは、草田と押野。二人とも超売れっ子の作家だけど、なぜか僕を友人と認めてくれている。

「編集部に異動してまだ日が浅いんだ。少しくらいは大目に見てやったらどうだ？」

そう言ったのは大城。この間の猶木賞《なおきしょう》を受賞した省林社の看板作家だ。三人の言葉に、僕は泣きそうになりながら叫ぶ。

「それは担当されてないからだよ！　あんな空気読めないヤツと二人きり、しかも旅先でサイン会なんてヤバイよ！　書店さんとの交渉、僕が全部やらなきゃならなくなる！」

「それは……大変そうですね」

柚木くんが、同情したように言ってくれる。

「そうだよね？　柚木くんならわかってくれると思ってた！……サイン会ってだけで緊張するのに、ほかのことまで心配するなんて精神的に無理だよ！」

必死で言うけれど、高柳副編集長は肩をすくめて、

「サイン会には営業部の人間も同行します。」

「それじゃダメ！　それに営業部の人なんて、会ったことないし不安だってば！　あなたか、小田くんか、天澤さんか、じゃなかったら別の編集さんと一緒に行く！　藤巻じゃなくて！」

「たいへん残念ですが」

高柳副編集長は、全然残念そうじゃない声で、

「小田は大城先生の箱根取材に同行しているので東京にはいません。そして私と天澤、それに装丁デザイナーの五嶋《ごとう》氏は、柚木先生と一緒にイタリアに行く予定です。次回作はミラノが舞台ですので、表紙写真のロケハンも兼ねて」

五嶋雅春《まさはる》さんっていうのは、世界的に有名な装丁デザイナー。無口だけどものすごくいい男で……僕が見たところ、どうも高柳副編集長とデキているような気がする。さらに編集の天澤由明さんは最近は柚木くんにつきっきり。ただの担当さんにしては親密すぎる気がするので、僕は勝手にこっちにもデキちゃってる判定を下してる。

「うわあん、みんな、裏切り者だーっ！」

僕は絶望的な気持ちで頭を抱える。

「全国を巡るサイン会なんてなかなかできないのに！　なかなか会えない地方のファンの人達と会えるの、すっごく楽しみにしてたのに！　『サイン会行きます。楽しみにしています』ってファンレターだって、たくさん来てるのに！」

「あの、高柳副編集長」

柚木くんが気の毒そうな声で、高柳副編集長に言う。

「僕は、天澤さんと二人でも大丈夫ですけど……」

「私もそう思います。ロケハンは別の時でもいいのでは？」

柚木くんの担当の天澤さんが言う。二人の視線が絡んで、柚木くんが頬をふわりとバラ色に染める。やっぱりこの二人はラヴラヴだと思う。めちゃくちゃハンサムでいつもはクールな天澤さんの視線が、柚木くんを見る時にはやたらと優しい……だけでなくめちゃくちゃ熱いし。

二人の言葉に、僕は希望の光を見たような気分で顔を上げる。

「そうだよ、二人の邪魔をするなんて野暮だってば！　だから、高柳副編集長は、僕と一緒にサイン会！」

「イタリア行きは、表紙写真の撮影も兼ねていますので変更はできません。……ああ、柚木先生、あちらに着いたら基本的に別行動ですので、取材のお邪魔はしませんよ」

平然と言った高柳副編集長の言葉に、柚木くんがまた頬を染め、天澤さんがやけに嬉しそうに微笑む。その様子に、僕はがっくりと肩を落とす。

……くそお、あっちもこっちもハネムーンかよ！

実は。高柳副編集長は、少し前までほっそりしたすごい美人（男だけど）の装丁デザイナー、羽田《はねだ》さんと同棲してた。と思ったら今度は逞《たくま》しくてハンサムな別の装丁デザイナーの五嶋さんと同棲し始めたらしい。高柳副編集長はただの同居だと言い張ってるけど、ラヴラヴな雰囲気からして絶対に恋人同士だと思う。攻める側かと思ってた高柳副編集長が実は受ける側だったことにちょっと驚いたけど、二人はやけにお似合いで、僕も陰ながら応援してる。

……けど！

「それって職権濫用じゃないんですか？　経費でハネムーンなんてずるい！」

僕が言うと、柚木くんが一気にカアッと赤くなる。それから泣きそうな顔になって、

「す、すみません。でも、僕と天澤さんはそういう関係ではなくて……仕事もちゃんとしま

す し……」

「柚木くんのことじゃなくて、高柳副編集長のこと！　君は気にしなくていいの！」

僕は慌てて手を伸ばし、目を潤ませている柚木くんの髪を撫でてやる。とても二十歳過ぎとは思えない可愛らしい様子の彼に、ちょっとだけ嫉妬《しっと》しそう。

「いいなあ、柚木くんはみんなに大切にされて。僕もそういうキャラクターに生まれたかったなあ」

僕が言うと、柚木くんは驚いたように目を見開いて言う。

「僕ですか？」

言ってから、なんだか落ち込んだように視線を落としてため息をつく。

「僕なんか何もできなくて、みなさんに迷惑をかけてばかりです。僕は紅井先生がうらやましいです。強くて、綺麗で、格好よくて、しかもすごい売れっ子さんで……」

「ああ、やっぱり僕のことをわかってくれるのは、柚木くんだけだよ」

僕は隣に座っている柚木くんを引き寄せて、きゅうっと抱き締める。天澤さんがぎくりとしているけれど、それどころじゃない。僕はその格好のまま高柳副編集長を横目で睨んで、

「あ〜あ、編集部にも、僕を理解してくれる人がいればいいのになあ〜」

「まったく。仕方がありませんね」

高柳副編集長は深いため息をついて、

「エリートぞろいの第一営業部のメンバーを一人、連れて行ってけっこうです。仕方がないので一緒に一泊させましょう。忙しい男ですので、本当なら書店さんへの挨拶と準備だけで戻ってこさせたいのですが」

「そんなのダメ！　泊まりがけならちゃんと一緒に泊まること！」

「わかりました。本当に手がかかる先生だ」

高柳副編集長が呆れたように言い、僕は抱き締めていた柚木くんを解放してあげる。ぎゅっと抱き締めすぎて息ができなかったのか、咳《せ》き込んでいる柚木くんの背中を天澤さんがさすってやっている。

「うわ、ごめん、大丈夫？」

慌てて言うと、天澤さんがチラリと僕を睨んで、

「柚木先生は繊細な方なのです。乱暴に扱わないでいただけますか？」

……うわあ、やっぱりラヴラヴだよ。嫉妬しそう。

「天澤を怒らせると怖いですよ。柚木先生には気軽に触れないほうがいいです」

高柳副編集長が面白そうに言い、それから腕時計を覗き込む。

「ああ……そろそろ来るんじゃないのかな？」

「来るって、誰が？」

僕が聞くと、高柳副編集長はにやりと笑って、

「同行する営業です。ご挨拶をさせますので。……本当は、最初から泊まりで同行させるつもりだったんです。あなたがあまりにも取り乱すので面白くなって傍観していましたが」

彼の言葉に僕はガックリと脱力する。

……本気でドSだよ、この人……。

「あ、来たようです」

彼の視線を追って店の入り口の方に目をやった僕は、ガラスの向こうに立っている男のあまりの格好よさに呆然としてしまう。

……なんだ、あの男……!

身長は百九十センチ近くあるだろう。骨格は身長に見合ってがっしりしているけれど、過度な筋肉がついていないせいでモデルみたいに都会的に見える。

彼は誰かと電話をしているようで、入り口の向こう側に立ったまま店に入ってこない。僕はガラス越しに見えるその男の姿に陶然と見とれてしまう。

……すごい……。

いかにも仕立てのよさそうなダークスーツ。ブルーのワイシャツ、お洒落《しゃれ》な色合いのブルー系のレジメンタルタイ。締め方は細めのハーフウインザーノット。結び目の形は完璧だ。

陽に灼《や》けて引き締まった頰、意思の強そうな眉。

高貴な細い鼻梁《びりょう》と、少しだけ厚めの男らしいセクシーな唇。

きっちりと彫りこまれたような奥二重と長い睫毛《まつげ》。その下に煌《きらめ》く漆黒の瞳。

彼はまるで映画のスクリーンから出てきたような、とんでもないハンサムだった。

……たまらない。抱きつきたい。

よく見ると、彼は格好いい黒革のアタッシェケースだけでなく、省林社の社名入りの封筒を持っている。

……あの人が、省林社の営業……？

僕はなぜだか鼓動がやたらと速くなってしまうのを感じながら思う。

……編集部にも、高柳副編集長や天澤さんみたいなパリコレモデル並みの美形がいるけど……営業にもこんなものすごいハンサムがいるなんて、省林社、すごい会社だぞ。

彼は立ったままで一言二言話し、電話を切って上着のポケットに入れる。それから大きな手でガラスドアを押して店の中に入ってくる。

彼が入ってきた瞬間、店の中の空気が変わった気がした。彼がまとっている黄金色のオーラが、店の中を眩《まばゆ》く照らしたみたいに。その気配を感じたのか、カップルの女性客が次々に振り返って驚いた顔で彼に見とれてる。

……そりゃあ、見とれるよなあ。

僕も彼から目が離せなくなりながら、陶然と思う。

……あんな美形、なかなかお目にはかかれない……。

彼は立ったままゆっくりと店内を見渡す。そして、僕と視線が合ってしまう。

……うっ。

そのまま真っ直ぐに見つめられ、僕は動けなくなる。

視線は凍りつくほど冷たく、その秀麗な眉の間に、ふいに深い溝が刻まれる。はっきり言ってめちゃくちゃ不機嫌な顔だ。

……うわ、なんでそんな顔するんだよ？

前のサイン会には別の営業部員が来ていたし、サイン会以外で営業部員と作家が顔を合わせる機会はほとんどない。だから彼のことは初めて見たけど……彼の方は、僕の顔を知っているはず。営業さんが、雑誌の記事やテレビの番組をまったくチェックしてないとは思えないから。

……彼の不機嫌な顔は、「なんでこんな軽薄そうな作家の面倒を見なくてはいけないのか」とでも言いたげな……。

さっきまでの熱が、すっと冷めていく。

……なんだよ……！

うっとりとしてしまった分、ショックもやけに大きい。僕は彼を睨み返しながら思う。

……どうせ僕は見た目はチャラそうだし、書いてるものだって大衆向けだよっ！

デビューしてからずっと感じていたコンプレックスが、また僕の心の中にむくむくと湧《わ》き上がってくる。

「紅井先生、ご紹介します」

高柳副編集長が、嬉しそうに言う。

「彼は氷川俊文《ひかわとしふみ》。わが社の第一営業部のホープです。彼が今回のサイン会に同行しますので、どうかご安心を」

……一難去って、また一難とはこのことか……。

◆

「氷川さん、無口で怖いよ！」

サイン会から戻ってきた翌日の月曜日、僕はさっそく省林社の編集部に乗り込んでいた。

みんなが忙しく働く編集部でそんな話はできないから、僕と高柳副編集長は同じビルの中にある社員用のカフェにいた。ここは窓が大きくて景色がいいし、ムーンバックスが入っているから美味しいコーヒーも飲めて僕のお気に入り。だけど……今日はそれどころじゃない。

「やっぱり別の人と一緒に行きたいよ！」

最初のサイン会の会場は大阪の書店だった。行き帰りの新幹線でもサイン会会場でもホテルでも氷川と一緒。もと営業の藤巻は氷川を崇拝しているらしくてポーッとするばかり。氷川はずっと無言。重い雰囲気がダメな僕は必死で盛り上げ……サイン会は大成功だったけどなんだかがっくりと疲れて東京に帰ってきたんだ。

「お願い、今週末のサイン会は小田くんと一緒に行かせて」

必死で訴えるけど、ドSの高柳副編集長がそんな頼みを聞いてくれるわけがない。

「氷川は、テレビドラマの宣伝チームのチーフも兼ねることになりました。わがまま言わずに一緒に行ってください」

「そんなあ……」

彼の言葉に、僕は本気でぐったりする。

……あの人だって、僕なんかに同行するのはいやだろうに。

氷川は旅行中、僕の本に関する感想を一度も言ってくれなかった。一応社員だからパラ読みくらいはしてるだろうけど、とても好きだとは思えない。

……そんな人とチームを組んで、果たしてうまくいくんだろうか？

「なんだか……先が思いやられる。あの人にも、迷惑じゃないの？」

僕がため息をつくと、高柳副編集長は僕を見つめてにっこり笑う。

「大丈夫。氷川はあなたの本の大ファンですから」

……嘘をつけっ！

僕は心の中で叫ぶ。

……あの冷たい目は、絶対に僕を軽蔑してるっ！

「ああ……信じていませんね」

僕の目つきに気づいたのか、高柳副編集長は苦笑して、

「ともかく。今回のテレビドラマ化のために一番動いていたのは氷川です。もともと、番組の担当ディレクターの大杉《おおすぎ》さんとコネがあったのも氷川ですし」

「そうなの？」

「ええ。大杉さんは東峰大学文学部の出身で、氷川の先輩に当たります。ミステリー好きの大杉さんは私もよく知っていますが、すごくいい人ですよ」

「……東峰大学？」

「ああ……そういえば紅井先生も東峰大学の理学部の出身でしたね。あとお兄さんは准教授になられたんでしたっけ？」

「うん。兄さんは理学部数学科の准教授。同じ敷地内でも理学部と文学部の校舎はかなり離れてるから……顔見知りかどうかは疑問だけど……はあ……」

僕は言い、それからまたため息をついてしまう。高柳副編集長は笑って、

「ドラマ化はずっと夢でしたよね？　もっと喜んだらどうなんですか？」

「いや、そうなんだけど……」

「ともかく、氷川は省林社営業部内では屈指のやり手です。柚木つかさ先生のデビュープロ

モーション、大城先生の受賞記念の全国フェア、さらには押野先生の作品のハリウッド映画化も、すべて氷川が手がけたプロジェクトですよ」

彼の言葉に、僕は本気で驚いてしまう。

「それって、省林社の社運をかけたプロジェクトばっかりじゃん。全部一人で？」

「あの男の企画力と行動力、そしてコネクションは半端ではありません」

高柳副編集長は策士の笑みを浮かべて、その瞳をきらりと光らせる。

「あなたの作品のドラマ化、そして宣伝プロモーションも、確実に成功させます。大船に乗ったつもりで頑張ってください。……ああ、もちろん原稿は遅れずに」

……ああ、この人、本当に怖い。

◆

……いくらやり手だって、これは本当にあり得ないよ……！

飛行機のビジネスクラス。ふかふかの座席に埋まりこんで、僕はなんだか泣きそうだ。

……サイン会の前に神経が磨《す》り減って死ぬ……！

明日のサイン会は、北海道、札幌にある書店で行われる。だけど藤巻が風邪を引いたせいで、なんと氷川と二人だけでサイン会に行くことになってしまった。

隣の席には氷川が悠々と座っているけれど……飛行機が羽田空港を出てから三十分、彼は一言も余計な言葉を発していない。

……ああ……なんだよ、この沈黙……！

僕は、居たたまれない気持ちになりながら思う。

……仕事ができる男からすれば、僕みたいな軽い作家には微塵《みじん》も興味がないんだろう。それにしてもちょっとひどくない？

「紅井先生」

いきなり低い声で言われて、僕はぎくりと飛び上がる。

「はっ、はいっ、なんでしょうか？」

……やっと話す気になったのか？　わかった、怖いけどどんと来い！

「急ぎの仕事があります。仕事をしてもいいですか？」

彼の言葉に、なんとかして仲良くなろうとしていた僕はがっくりと脱力する。

「……どうぞ。お好きなだけ仕事して……」

「おそれいります」

彼は言いながら、アタッシェケースからモバイルコンピュータを取り出し……。

その時、アタッシェケースから、一冊の本が落ちた。大切そうに革のカバーがかけられていたそれを、僕は思わず拾い上げる。彼に渡そうとして……彼がいつになく動揺したような顔をしていることに気づく。なんだかものすごく意地悪な気持ちになりながら聞く。

「氷川さんって、どんな本がお好きなんですか？　中、見てもいい？」

……ここで、これがおやじ向けポルノ小説とかだったら、ものすごく面白いんだけど！

「……あ……」

彼は当惑したように少したためらい、それから小さくため息をつく。

「ええ、どうぞ」

「じゃあ、見ちゃおう。……えっ？」

本をパラパラとめくった僕は、そこに書いてある文章に見覚えがあることに気づいて驚く。いや、見覚えどころじゃなくて……。

「……これ……」

それは、ほんの一週間前に発売したばかりの僕の新刊だった。

「……僕の本？」

間違いかと思って中表紙を見るけれど、やっぱり間違いない。なのに、なぜかページは微かに膨らみ、まるで読み古されたみたいになっている。

「そうです」

「ねえ、発売されたばっかりなのに、なんでそんなにボロボロなの？」

僕が彼に本を渡しながら聞くと、彼は眉間に縦皺を寄せて、

「申し訳ありません。読み始めると夢中になるたちなので。……すぐに二冊目を買います」

「いや、そんなのはいいけど……もしかして、僕の本、読んでくれてるの？」

僕が言うと、彼は驚いたように、

「もちろんです。読まずに営業が務まるわけがありません」

「そうだよね。仕事だもんね」

僕はちょっとだけがっかりしてしまいながら言う。

「もちろん仕事でもありますが……」

彼は言いかけ、それから僕の本を見下ろしながら言う。

「ずっと、あなたのファンでしたから」

「へっ？」

彼の口から出たあまりにも意外な言葉に、僕はものすごく驚いてしまう。

「嘘でしょ？」

「本当です。デビュー作からすべて読んでいます。……あなたの文体も、緻密《ちみつ》なキャラ作りも、複雑なトリックも……とても好きです」

彼はいつもの無表情のままで言うけれど、その目元は微かに赤くなってるようにも見える。

……もしかして照れてる？　この男が？

「いつか、私の本にもサインをいただいてもいいでしょうか？」

「別にいいですけど。でも僕のサインなんか、本当に……」

「欲しいです。いつか、でかまいません。紅井先生はサイン会続きでお疲れでしょう。だから、いつかお疲れではない時に」

見つめてきた彼の顔がとても真剣で、僕は驚いてしまう。

「そんなのいつでも……っていうか、今でもオッケーですよ」

僕は言いながら、前の座席の下に突っ込んであった鞄を引っ張り出す。そして鞄から出したマジックで彼の本にサインをする。彼はものすごく真剣な顔で本を見下ろし、それから僕を見つめて言う。

「ありがとうございます。大切にします」

彼の声はいつものように渋かったけど、なんだか不思議と嬉しそうに聞こえた。

「私は口下手なのでこの喜びをどうやって表現していいのかわかりません。でも……本当にありがとうございます」

彼は言って僕に頭を下げる。僕はずっと感じていた居心地の悪さがふいになくなっていることに気づく。

「……嫌われてると思ってたんだけど、そういうわけじゃなかったんだ？」

「嫌われる？　まさか……すみません。私は口下手なので、不愉快でしたか？」

「いや、そんなことはないけど……」

僕は氷川と一緒にサイン会に行くのはイヤだとさんざんごねたことを思い出し、なんだかすごく後ろめたくなる。

「いや、正直に言えば、本当はちょっと怖かったんです。ここによく皺を寄せてるし」

僕が眉間を指差すと、彼は苦しげな顔で、

「申し訳ありません。学生時代はずっと視力が悪かったので、クセがついてしまいました。今はコンタクトなのですが」

「いや、渋くて格好いいと言えば格好いいし。それに……」

僕は、今までに出会ったいろいろな人を思い出しながら言う。

「でもあなたはいつも真剣だし、みんなあなたを信頼してる。だからあんな大きい仕事ができるんだと思うんです」

僕の言葉に彼はなんだか嬉しそうに微笑む。

……やばい、ドキドキする。

こんなにハンサムなのに、笑うとなんだかちょっと可愛いかも。

氷川俊文

「大ファンです！　シリーズ全巻持ってます！」

頬を染めた女性が、悠一に向かって言う。

ここは札幌駅近くにある有名書店。紅井悠一サイン会の整理券つきの新刊三百冊は受付当日にすべて完売し、書店の中には長い列ができている。

この書店の渉外担当者とは、もともとメールで連絡をよく取り合っていた。そのせいかとても手際よく準備を進めてくれ、私は本当に助かってしまった。

書店の一角がパーティションで区切られ、白いテーブルクロスをかけた長テーブルが設けられている。その後ろには出版社やテレビ局からのスタンド花が所狭しと並び、その前に置かれたテーブルには作家名が書かれたアレンジメントの花がずらりと並んでいる。花に立てられた札には、省林社で仕事をしているミステリー作家達だけでなく、ベテラン作家や有名エッセイスト、漫画家の名前までが並んでいる。それだけで彼の交友関係の広さがうかがえる。

いつもの悠一は、裏原宿のセレクトショップで揃えるという英国の新進デザイナー物の服を着ていることが多い。お洒落で身綺麗だが、ラフでパンキッシュだ。

だが、今日の彼は黒の上下と白のワイシャツ、シルクのストックタイを結んだ、まるで英国の若い貴族のようなシックな服装。だが、胸ポケットから眼帯をしたクマの小さなぬいぐるみが顔を覗かせている。どうやらそれは彼のお気に入りのキャラクターらしい。

「今日はわざわざありがとうございます」

椅子に座った悠一が、微笑みながら、本と一緒に差し出されたメモを受け取る。メモには列に並んでいる間に書いてもらった読者自身の名前がある。オークションに出品されることを防ぐために、最近のサイン本には名前を書き込むのが普通になっているからだ。

「先生、作中の紅井悠一みたいで超素敵です！　それに先生が北海道まで来てくれたなんて、すごく感激です！」

女性ファンの言葉に、悠一はメモに目を落としながら微笑む。

「本当に？　どうもありがとう。僕も北海道の読者さんに会えてすっごく嬉しいです。……ええと、お名前は、『吉田歩美』さんですね？」

「はい！　先生に名前を読んでもらえて感激ですぅ！　あのう……よかったら、アユちゃんって呼んでもらえますか？」

「じゃあ、アユちゃん。……今日はどうもありがとう」

悠一が言ってやけに色っぽい流し目で彼女を見る。彼女は真っ赤になって、

「いや～ん、嬉しいです。……ねえ、名前、呼んでもらっちゃった！」

どうやらさっきサイン会の列に並んでいた女性と知り合いのようで、言葉を交わしている。

「お友達と来てくれたんですね？　どうもありがとう」

悠一は言って、慣れた手つきで彼女の名前とサインを、表紙の裏側に書き込む。そして隣に座っている私に開いたままの本を渡す。私はそれを受け取り、サインをしたペンのインクが反対側のページに付かないようにそこに紙を挟む。

「どうもありがとうございました」

私が閉じた本を差し出すと、彼女は嬉しそうに受け取り、悠一に向き直って、

「そうだ、これ、差し入れです！　紅井先生なら、お好きかと思って！」

大きな紙袋を差し出している。悠一はそれを嬉しそうに受け取る。

「わざわざありがとうございます。開けてみていいですか？」

「もちろんですぅ！」

悠一は紙袋を開け、中から大きなクマのぬいぐるみを取り出す。眼帯をしてパンクな服装をしているそのクマは、彼の胸ポケットから顔を出しているものと同じキャラクターだろう。鮭のぬいぐるみを抱いていてどこかユーモラスだ。

「うわあ、これ、『パンックマ』の北海道限定発売のやつ！　めちゃくちゃ可愛い！」

「この間のインタビューで、『パンックマ』がお好きだって言っていらしたからぁ……！」

「うん、そうなんです！　インタビューまで読んでくれて、本当にありがとう！」

悠一は煌くような笑みを彼女に向け、握手を交わしている。彼女は頬を染めて興奮した顔で何度も頭を下げながら去る。

「ありがとうございます。では、次の方！」

列を整備してくれていた書店の担当者に言われて、次に並んでいた男性が悠一の前に進み出る。持っていた本を、

「いつも読んでます！　雑誌掲載時からずっと読み続けていて……省林社フェアの小冊子も、きっちりポイントを集めて応募しました！」

「うわ、フェアのポイントを集めるの、けっこう大変ですよね？　どうもありがとうございます」

悠一は読者と気軽に言葉を交わし、嬉しそうに差し入れを受け取っては握手を交わす。読者は頬を染め、嬉しそうに目を煌かせながらとても大切そうにサイン本を抱えて去っていく。

私は彼らの顔を見ながら、胸がじわりと熱くなるのを感じていた。

……私も、紅井悠一のファンの一人だ。彼らの気持ちはとても理解できる。

特に必要を感じないので悠一には言っていないが……実はこのシリーズのドラマ化を立案したのは私だ。生き生きとした主人公のキャラクターとテンポの速いストーリー、その裏に

ある緻密なトリックは、絶対に映像化できると思った。そして成功する、と確信した。

私はテレビ局のドラマ班でプロデューサーをしている大学の先輩にアポイントメントを取り、ドラマの話を持ちかけた。彼はもともと社会派のドラマを得意としているので、「紅井悠一の名前は知っているけれど、大衆向けのミステリーだろう？」と渋っていた。だが無理やり置いてきた悠一の本を、どうやら一気に読んでしまったらしい。数日後には興奮したように電話をかけてきて、「ドラマ化したい。それから、シリーズの続きはいつ出るんだ？」と言った。そしてドラマ化の話は着々と進行している。

読者と楽しげに言葉を交わしながら、悠一がさりげなく私のほうにサインを終えた本を滑らせる。私はそれを受け取って紙を挟み、会話を終えて興奮した様子の男性にそれを渡す。

「どうもありがとうございました」

私は言い、それから次の読者と言葉を交わしている悠一に目をやる。彼は煌くような笑みを浮かべているが、どうやら手が疲れているようで右手をテーブルの下で開いたり握ったりして動かしている。私は、すぐ後ろに待機してくれている書店の担当者を振り返って小声で言う。

「申し訳ありません。区切りのいいところで休憩にしていただいてもいいですか？」

「わかりました」

彼は言ってすぐに列整理をしているスタッフに近づき、打ち合わせをしている。すぐに戻ってきて言う。

「あと五人ほどでちょうど半分です。休憩にしましょう」

その言葉に、悠一がホッとしたようにため息をつく。彼はとても楽しそうにしているが、すでに百五十人近くのファンと言葉を交わし、サインをし、握手をしている。しかも相手はわざわざ自分のために集まってくれたファン。作家としては、疲れた顔など絶対に見せられないのだろう。失礼があったり失望されたりしないよう、彼なりに気を使っているに違いない。

「紅井先生、いったん休憩にしましょう」

残りの五人へのサインを終えた時、私は悠一に声をかけて席を立たせた。ファンはできるだけ早く紅井と言葉を交わしたそうに目を輝かせている。悠一に任せていたら、きっと気を使ってあと百五十人分のサインを休憩も挟まずに続けてしまうだろう。

「すみません、先生は十分間の休憩をいただきます。あと少しだけお待ちください」

書店のスタッフが言い、悠一が列に並んでいる人々に、

「すみません、ちょっとしたら戻ります！」

言いながら手を振っている。「早くしろ」という不満が漏れるかと少し心配になるが、ファンはにこやかに手を振り返してくれ、私は少しホッとする。類は友を呼ぶというか、作家とファンはどこか似ることが多い。陽気でのんびりとした雰囲気の悠一には、雰囲気の似た

ファンが多いようだ。

悠一と私はパーティションの向こう側に回り、書店のスタッフに案内されてバックヤードに入る。ダンボールがうずたかく積まれている間を抜け、その奥にある休憩室に入る。

サイン会の著者控え室として使われるのは、たいていこの休憩室。スタッフが交代で休憩を取るだけのスペースなので、広さは十畳ほどしかなく、壁際には在庫の箱が並んでいる。

部屋の真ん中に折り畳みのテーブルと椅子が置かれて、スタッフが慌ててお茶やお菓子を並べている。

「紅井先生、お疲れ様です！」

「お疲れになったでしょう！」

今回のサイン会を手伝ってくれている書店のスタッフ達が、休憩室の壁際に並んで明るい挨拶をしてくれる。疲れた顔になっていた悠一が、慌てて笑みを浮かべてみせる。

「どうぞ、こちらにお座りになってください」

スタッフが悠一に椅子を勧め、悠一は恐縮しながらそこに座る。椅子は四つしかなく、しかもスタッフがかわるがわる覗きに来るので部屋は満員電車のような状態だ。私は勧められた椅子を立ちっぱなしだった列整理のスタッフ達に譲り、悠一の後ろに立つ。

「本当に、遠いところまでありがとうございました」

この店の店長が、悠一に言う。

「こちらこそありがとうございます。サイン会の機会を与えていただいて」

悠一は煌くような笑みを見せ、書店のスタッフ達がうっとりと見とれている。私は、悠一がどうしてこれほどまでに人気があるのかを、身をもって理解したような気がしていた。彼はその作品が優れているだけでなく……こうして人を魅了する不思議なオーラを発している。

……そして私は、本気でそのオーラにやられてしまっているような気がする。

紅井悠一

「お疲れ様！　無事に終わってよかった！」

サイン会は大盛況のうちに終わり、僕と氷川は書店のスタッフさん達に御礼を言って店を後にした。そして店長さんから教えてもらった、札幌市内にある有名な料亭で祝杯を上げている。

漆塗りの大きなローテーブルの上には、美しく盛り合わせられた和風の前菜と、冷たく冷やされた大吟醸。もうすぐ頼んだ海鮮料理の数々がここに並ぶはずだ。

「……ってことで、まずは乾杯」

僕は氷川の持ったグラスに自分のグラスを合わせ、お酒をグッと飲み干す。

「うわあ、大吟醸、めちゃくちゃ美味しい！」

「そんなペースで大丈夫ですか？」

氷川は少し心配そうに言うけれど、僕はうなずいて答える。

「大丈夫。それに今夜はもう、ホテルに帰って寝るだけだしね」

歴史のありそうな掛け軸の飾られた床の間。広々とした和室の半分だけ開かれた雪見障子からは、苔《こけ》に覆われた奇岩と翡翠色《ひすいいろ》の池のある美しい中庭が見渡せる。今にも凍りつきそうな景色だけれど、暖房の効いた部屋から見るのはすごく風情がある。

「僕の家、洋館ぽい作りだから、こういう和室ってすごく憧れてる。カンヅメになる時、ホテルじゃなくて旅館をリクエストするのも落ち着くからなんだ」

僕は部屋と、そして庭を見渡しながら言う。

「私も和室には憧れがあります。大学に入学するまでずっと英国にいたので」

彼の言葉に、僕は少し驚いてしまう。

「英国育ち？　……もしかして……」

僕は、彼の彫りの深い端麗な顔立ちと、日本人離れした見事なモデル体型を見ながら思う。髪も瞳も黒いから日本人の中にいても馴染《なじ》んでいるけれど……やっぱり……。

「あなたって、もしかして外国の人の血を引いてる？　よく見るとルックスが日本人離れしてるけど……」

「そうですか？」

彼は少し当惑したように自分の頬を撫でる。それから、

「父が英国人、母は日本人です。私は幼い頃から日本がとても好きで、ずっと日本語を習い、日本文学を専攻していました。日本に馴染めればと思っていたのですが……」

「いや、ちゃんと馴染んでる。日本語の発音もめちゃくちゃ綺麗」

彼は眉間に皺を寄せながら、僕の顔を覗き込んでくる。

「では、どこが不自然ですか？　私は日本と日本の出版業界がとても好きなので、完璧に馴染みたいと思っています。言っていただければ改善します」

彼は言い、眉間の皺をさらに深くする。

「ですが……英語圏で暮らした年数が長いので、ふと自分のコミュニケーション能力に疑問を覚えることがあります。特にあなたのような作家さんを前にすると、自分の日本語の間違った部分を指摘されそうで、つい緊張して無口になってしまいます」

僕は彼のめちゃくちゃ真剣な顔を見返し……それからふと笑ってしまう。どこか傷ついたような顔をする彼に、

「あ、ごめん。別にバカにしたわけじゃなくて……なんとなく腑《ふ》に落ちたから……」

「腑に落ちた？」

「いや、僕、最初、あなたのことがちょっと怖かったんだよ。ルックスが格好よすぎるし、無口だし、しゃべれば口調が堅苦しすぎるし……だけどもしかして、ずっと緊張してたの？」

「それは……」

彼は僕を見返して言葉を切り、それからちょっと目を伏せてうなずく。

「そうです。こんな年齢《とし》になって、みっともないとはわかっていますが。特にファンである作家さんの前では緊張します。ですからあなたの前に出ると……」

彼は目を伏せたまま、小さくため息をつく。

「……緊張して、本当に何を言っていいのかわからなくなりました」

彼の照れたような口調がなんだか可愛くて、僕の胸がキュッと痛む。

……やばい。こんなにハンサムなのにどっか可愛い。めちゃくちゃときめく……。

「別に緊張しなくていいよ。僕なんて大学じゃ文系ですらない。理学部の数学専攻。バリバリの理数系。なんでデビューできて、小説書いてるのか未だにわからない。……もしかして、全部僕をデビューさせた高柳副編集長の冗談じゃないかって気がしてる」

僕の言葉に、彼は驚いた顔をする。

「あなたの小説は素晴らしいです。高柳もあなたの素晴らしい才能を認め、一ファンとして作品を楽しみにし、あなたの作品を全力でプッシュしています」

「本当に？　それにしちゃ意地悪すぎない？」

「あの男は根っからのプロの編集者です。自分が認めた作品、そして作家以外は、プッシュするどころか、自分がいるレーベルから本を出すことすら許しませんよ。もちろん、私も同じ意識を持っているつもりです」

「それって……ええと……」

僕はちょっと頬が熱くなるのを感じながら言う。

「あなたも、僕を作家として認めてくれてるってこと？」

「ですから、ファンだと言いました」

彼はローテーブルの向こうから僕を真っ直ぐに見つめてくる。

「私も高柳と同じように、自分をプロフェッショナルの営業だと思っています。自分が認め、心酔した作品しかプッシュはできません。私がすべての力をかけてあなたをプッシュしている。自信を持っていただかないと困ります」

彼の言葉が、僕の心にじわりとしみてくる。

「う……うん……そうか……」

頬が熱くて、なんだかめちゃくちゃ嬉しい。

「……じゃあ、原稿、頑張らないとね」

「シリーズの次回作も、楽しみにしています。あなたの次回作を読むためなら、私はなんでもします」

漆黒の瞳で見つめられて、鼓動がどんどん速くなる。

……どうしよう？　なんだか恋の告白でもされてるみたいにドキドキしちゃう。

「ああ……すみません。なんだか妙なことを言ってしまいました」

彼は僕から目をそらし、手で髪をかき上げる。照れたような仕草が……やっぱり僕の胸を熱くしてしまう。

「それから、高柳から口止めされているので私がこう言ったということは、どうかご内密に」

彼がクソ真面目な顔のまま、口の前に指を立ててみせる。そんな仕草も、なんだか微笑ましく見えてしまう。

……ああ、この間まであんなに怖かったのに、ちょっと好意を持ったとたんにこんなにドキドキする。僕ってめちゃくちゃ現金なやつかも。

「失礼いたします」

廊下から声がして、障子が開かれる。和服を着た女将《おかみ》さんと仲居さん達が次々にお皿を運んでくる。

「うわあ、すごい！」

氷川が予約しておいてくれた料理は完璧だった。七輪で焼かれている焼きタラバガニ、湯気を立てている茹《ゆ》でたての毛ガニと花咲ガニ。ほかに僕が大好きなウニやイクラを使ったどんぶりと、東京ではなかなか食べられないサロマ湖産のプリプリの牡蠣《かき》を使ったお鍋と……。

「どうしよう、幸せすぎて死にそう！」

僕が叫ぶと女将さん達が楽しそうに笑う。そしてごゆっくり、と言って座敷から出て行く。

僕はものすごく美味しい北の味覚を味わい、美味しいお酒と、さらに氷川との二人きりの時間にゆっくりと酔い……。

◆

「ああ……美味しかったし、楽しかった！　お腹いっぱい！」

僕は女将さん達に見送られて料亭の門から出る。庭の竹垣があったせいか、庭を歩いている時にはそれほど感じなかった寒さが、門を出たとたんに押し寄せてくる。

「……ううっ、やっぱり北海道は寒い……っ」

何十年ぶりの暖冬と言われ、まるで秋のような気温が続いている東京とはまったく違う、容赦ない寒さだ。防寒よりも見た目を重視して、スーツの上に薄手のトレンチコートだけという格好の僕は、思わず自分の身体を抱き締める。

「……格好とか気にせず、もっと着込んでくるんだった……っ」

僕は言いながら、両腕で自分の身体を抱き締めたままブルッと震え……。

「えっ？」

何かがふわっと肩を覆い、冷たい風を防いで全身があたたかくなる。さらに首筋に何かが巻きつけられ、男物のコロンのものすごくいい香りが、微かに鼻腔《びこう》をくすぐる。その芳香に、僕は一瞬陶然としてしまい……。

「タクシーでホテルまで戻りましょう。大通りに出るまで、少しだけ我慢してください」

すぐ近くで聞こえる、氷川の美声。肩をふわりと抱き寄せられて、僕は思わず真っ赤になる。

……うわ、なんだこれは？

肩を抱かれたまま歩かされ、僕は自分がトレンチコートの上にさらに黒いコートを着ていることに気づく。首に巻かれているのは、黒いマフラー。顎に微かにあたる感触はとても柔らかい。とても仕立てのよさそうなそのコート、そしてそのマフラーは、どちらもきっととても上等のカシミアでできているんだろう。軽くてものすごくあたたかくて……。

……ど、どうしよう？

しかも、コートとマフラーにはさっきまで着ていた氷川の体温がしっかりと残っている。まるで肩だけじゃなくて全身を抱き締められているかのような……。

……全身？

僕は慌てて肩を抱いてくれている氷川に目をやり……。

「うわ、氷川さん、寒いでしょう？」

氷川は、いつものダークスーツを着ただけの姿。ものすごく格好いいけれど、ものすごく寒いはずで……。

「私は暑がりなので、この程度の気温なら、スーツ一枚の方が気持ちがいいくらいです。少し酔ってもいますしね」

言って、僕を心配させないようにか、唇の端に微かな笑みを浮かべてみせる。彼の表情はいつもと変わらぬ平然としたものだったけれど……やっぱりその息は真っ白。寒くないわけがない。

「いや、そんなわけないよ。僕、本当に大丈夫だから……」

「おとなしくしてください」

彼は僕の言葉を遮るようにして、さらにキュッと強く僕の肩を抱き寄せる。

……うわ……！

自分が小さいせいか、それとも兄さんのことが大好きなせいか、大きくて逞しい身体の男性にはすごく憧れてしまう。だけど、こんなふうに触れられたことなんかもちろんなくて……。

……どうしよう、めちゃくちゃドキドキする……！

◆

……やばい、僕、あの夜からこっち、かなりやばい。

僕は氷川のさりげない優しさに気づいて、しっかりと守られる感じにめちゃくちゃときめ

いてしまった。ブラコンの僕は、包容力があるこういうタイプにすごく弱い。しかも完璧なルックスに似合わず、彼は実は照れ屋で純粋で……どこか可愛い。

……どうしよう、本気で好きになってきたかも。

テレビドラマのキャストが正式に決まり、僕は氷川や藤巻と一緒に制作委員会への挨拶のためにテレビ局に向かった。主役には、今一番人気のジョニーズ系男性アイドル。ドラマ出演の経験があって、顔が可愛いだけでなくて演技力があることで僕も注目していた。準主役は舞台出身の演技派。兄さんにすごく雰囲気が似ていて、僕はドキドキしながら舞台を見に通ったこともあるほどのファンだ。さらに警部補役には時代劇出身のとんでもない大物俳優。テレビドラマというから毎週やってるサスペンス劇場の一回分みたいな軽いものを想像してたんだけど……どうやらテレビ局の記念番組みたいな大きなものらしい。

僕はキャストの豪華さに本気で驚き、そしてプロデューサーの大杉さんから、この企画をテレビ局に持ち込んだのは氷川、ということを聞いてちょっと感動してしまう。しかも準主役の舞台俳優は大人気だけどいろいろうるさくてなかなかテレビに出ない。それを動かしたのは氷川の熱意だったらしい。……やばい、氷川のこと、好きになりそう。

平日は脚本チェックや宣伝用の書下ろしなどのドラマ関連の仕事、週末はサイン会で、氷川と僕は常に一緒にいることになった。

……なんだか、本当にやばいんですけど。

そして週末。僕と氷川は大阪にいた。藤巻はまだ風邪が治らないみたいでまた二人きり。だけどなんだか嬉しいところが……僕って本当に軽くて現金だ。

藤巻が迷惑をかけたので……と言って、太田《おおた》編集長は僕のためにリッツカールトンズ大阪のすごく素敵なスイートを用意してくれた。もちろん氷川の部屋は別にあったんだけど……

僕は広すぎてちょっと寂しい、だから一緒に泊まってくれと頼み込んだ。ベッドルームはダブルが一つではなくてクイーンサイズのベッドが二つ並んでいる。だから、男二人で泊まることも不自然じゃない。そして僕は、まんまと彼を隣のベッドに寝かせることに成功した。

……同じ部屋に泊まれたはいいけど……これからどうすればいいんだろう？

僕は、彼の背中を見つめながら思う。パジャマに包まれた逞しい肩、広い背中の感じに、胸が熱くなる。彼と同じ部屋にいて、同じ空気を呼吸してるっていうだけで、なんだかめちゃくちゃドキドキする。

……とりあえず、もっと近くに行きたい、よね？

僕は彼の背中を見つめながら思う。

……あの逞しい腕で抱き締めてもらえたら、どんなに素敵だろう？

考えただけで、幸せすぎて気絶しそうになる。

……寝てるのかなあ？

僕は隣のベッドの気配を窺《うかが》いながら思う。

……いや、やっぱり寝てない気がする！

暗がりに耳をすませても、寝息は聞こえてこない。

……くそ、こうなったらもう、やけくそだ！

「……氷川……さん……？」

小さい声で呼んでみると、彼の肩がピクリと反応する。彼はすぐにこちらに寝返りを打ち、僕を見つめてくる。

「どうかしましたか？」

月明かりに照らされたベッド。彼の美貌《びぼう》がとても心配そうに曇る。

「飲みすぎて気分でも悪いですか？　水をお持ちしましょうか？」

「大丈夫、そうじゃなくて……ちょっと眠れなくて。起こしちゃった？」

「いいえ。私も眠れませんでしたから。では、何かあたたかい飲み物でも。簡易バーに、たしかハーブティーのティーバッグが……」

「あ、大丈夫だから！」

彼が起き上がろうとしているのに気づいて、僕は慌てて言う。

「ええと……ただ、枕が代わるとなかなか眠れないたちってだけなんだ」

「ご自宅では羽根枕ではなくてもっと別の枕をお使いですか？　フロントに電話をすると、きっと別の形の枕を……」

「いいってば！　家にいる時には、抱き枕を使ってるんだ！」

僕が慌てて言うと、ベッドサイドの電話に手を伸ばそうとしていた彼は動きを止める。

「抱き枕……ですか？」

「そう。すごく大きいやつ。きっとホテルにはそんなのないから。だから……」

僕は言いながら、ベッドの上に起き上がる。

「……あなたが、抱き枕の代わりをしてくれたらいいのにな」

彼の端麗な顔に、呆然とした表情が浮かぶ。

「……私が……？」

彼の唇から、信じられない、とでも言いたげな呟きが漏れた。

……彼は伝説の営業といわれたほど仕事ができる。さらにこんなにすごい美形で、きっと恋愛の相手には事欠かないはず。だから僕の訴えなんか無視されるかも……。

思ったら、なんだか自分が本物のバカみたいに思える。僕は慌てて、

「あ、いや、ごめんなさい。何を言ってるんだろう、僕？　すみません、冗談……」

「それくらいでしたら、いくらでも」

彼が、僕の言葉を遮って言う。僕は自分で言い出しておきながら、あまりの事態に呆然としてしまう。

「え……あ……本当に？」

「ええ。どうぞ」

彼が言って、羽根布団の端をめくり上げる。ホテル備え付けのパジャマに包まれた、彼の逞しい上半身。V字に開いた襟元から微かに覗いたがっしりした鎖骨に、思わず眩暈《めまい》がする。

……うわ、どうしよう？　この男、本当にセクシーだ……。

僕の身体が、じわりと熱を持つ。漆黒の瞳に見つめられて、何もかも忘れてしまいそう。

「……ええと……」

「布団をめくっていると、けっこう寒いのですが。……どうぞ」

「あ、すみません」

僕は慌てて自分のベッドから滑り降り、素足で絨毯《じゅうたん》を踏んで彼のベッドに近づく。真っ直ぐに見上げてくる漆黒の瞳に、さらに鼓動が速くなる。

「なんか……本当にすみません。おかしなこと言っちゃって……やっぱり……」

思わず踵を返そうとした僕の手を、彼の手がしっかりと握り締めた。

「……あ……」

僕の手を包み込んだ彼の手は、大きくて、あたたかくて、とても心地いい。そこから甘い電流が走った気がして、僕は思わず小さく震えてしまう。

「震えている。寒いのでしょう？　……おいで」

まるで恋人にでも言うかのような低くて優しい声。そっと手を引かれて、もう何も解らなくなってしまう。

「……ああ……っ」

気づいたら僕は彼のベッドの中にいて、その腕に抱き締められていた。僕とは比べ物にならないがっしりとした骨格、厚い胸、逞しい腕。肺を満たすのは、感じるたびに陶然としていた彼の芳《かぐわ》しいコロンの香り。

二人の肌を隔てているのは、薄いパジャマの布地だけ。まるで直《じか》に触れられているような感覚に陥って、眩暈がする。

……ああ、どうしよう？　このままじゃ、僕の身体……。

「……眠れそうですか？」

耳元で囁いてくる、甘い美声。ぴったりと合わさった胸からもその振動が直に伝わってきて、全身がまた震えてしまう。

……どうしよう、発情しそう……。

ずっと遊び人みたいに言われてきたけれど、実は僕は誰ともこんなふうに触れ合ったことがない。両親や兄さんもそういうことをするような人達じゃないから、こんなふうに抱き締められるなんて、きっと子供の頃以来で……。

……安心する。だけど、それだけじゃなくて……。

僕は自分の身体の感じに気づいて、思わず赤くなる。

……もしかして、僕、発情してるかも？

頬はもちろんだけど、身体までもがすごく熱い。頭の上から足の指先までが甘く痺《しび》れていて、このままとろとろに蕩《とろ》けてしまいそうだ。

……ああ、もう、本当にやばいよ……。

僕は思いつつ、彼のあたたかさに包まれて深い眠りに落ちたんだ。

◆

「悠一さん、今夜のパーティーは、絶対に欠席はできませんからね」

朝食の席で母さんから言われた言葉に、僕は内心ため息をつく。

星の数ほどあるパーティーの中でも、今夜のパーティーは両親にとって最重要事項らしい。兄さんまでが会議を休んで出席することにしたのだから、きっと兄さんにとっても。

「ええと……どなたのパーティーでしたっけ？」

僕はパンを千切りながら、そう聞いてみる。社交界になんか全然興味ないからきっと聞いても解らないだろうけど、一応、礼儀としてね。

「何度も言ったじゃないか、悠一」

父さんがうんざりしたような声で言う。

「スチルトン伯爵家の主催する晩餐会だ。私や秋一が英国留学中には、とてもお世話になった。おまえは留学をしなかったけれど……あの一族に顔を通しておくのは今後のためにもとても重要なことで……」

「そうよ、だからあれだけ留学しなさいと言ったのに……」

母さんが芝居がかった声で父さんの言葉を遮る。それから何かを思い出したかのように、やけに嬉しそうな顔になって言う。

「でも、今夜のパーティーには名家のお嬢さん達がたくさん集まるはずよ。なんと言ってもスチルトン伯爵家の血を受け継ぐ息子さんのお披露目ですから」

「噂では彼はかなりの切れ者でハンサムらしい。だが、結婚できるのは一人きり。彼のお眼鏡にかなわなかったお嬢さん達は、ほかにも目を向けることだろう」

父さんまでがやけに嬉しそうに言い、黙って食事をしている兄さんと、そして僕に交互に視線を走らせる。

「幸い、うちの二人の息子達はルックスにも頭脳にも恵まれている。結婚相手として不足はないだろう」

……なるほどね。

僕は思い、内心まためため息。

……昔の栄華にすがって細々と生き延びている紅井家に、家柄のいい、お金持ちのお嫁さんを迎えたい……そういう魂胆か。

チラリと目を上げて兄さんを見ると、兄さんは僕の視線に気づいたようにカトラリーを動かしていた手を止める。

「何か不満でも？　悠一」

「兄さんは、パーティーで出会った女性と結婚するとか、考えられるの？」

僕の口から、正直な気持ちが漏れてしまう。兄さんは無表情のままで答える。

「もともと結婚とはそういうものではないのか？」

……う……っ。

心に、棘《とげ》のように尖《とが》った何かが、ちくりと突き刺さった気がする。

……やっぱり慕っているのは僕だけで、兄さんは僕のことを本当にただの弟としか思っていないんだろうな……。

そう思うと、なんだかやけに苦しい気持ちになる。

「そっかぁ。運命の相手と恋をしたい、とか夢を見てた僕って、ただのバカな子供なのかもしれないね」

僕は膝《ひざ》の上の布ナプキンで口元を拭い、それをテーブルの上に置いて立ち上がる。三人を見渡しながら、

「屋敷を出るのは四時でしたね？　それまでには戻りますのでご心配なく」

言って、彼らが何か言う前に踵を返してダイニングルームを出る。
……ああ、なんで拗《す》ねてるんだ？
僕は廊下を歩きながらため息をつく。
本当に、バカな子供だ、僕は。

氷川俊文

「では、次に、紅井先生の新刊の初版部数の件ですが……」

省林社の大会議室。樫本《かしもと》副社長が書類を見ながら言う。

月に一度行われる編集会議。ここで、次の新刊の部数が決められることになる。普通は担当編集がプレゼンテーションをして新刊の初版部数を提案し、営業がデータを元にしてその部数を修正する、というのが通常のやり方。担当は部数を上げたいと主張し、部数を抑えようとする営業との一騎打ちになることが多い。だが、歴史が古く、取締役達のすべてが編集経験のある叩き上げである省林社では、社長や副社長も交えての混戦になることが多い。刷り部数が少なければ売り逃す危険性があるし、多すぎれば在庫を抱えてしまうことになる。その作家の次の本の部数、さらには依頼する仕事の本数にまで影響があるので、全員が真剣だ。

「……売り上げが好調なシリーズではありましたが、紅井先生のような軽いタッチのミステリーの読者層は二十代から三十代。しかも前巻はその前よりも売り上げがわずかですが落ちている。最近の若者の本離れと景気の低迷を考えれば、初版部数は抑え目にしたいと思います。前巻が三十万部でしたので、今回は二十八万部……」

「いいえ、百万部で行きます」

私は樫本副社長の言葉を遮って言う。会議室の中にざわめきが広がる。

「ちょっと待ってくれ、氷川くん！　いくら映像化を控えているといっても、映画ではなくてテレビドラマだろう？　しかもシリーズの途中……」

「わかりました、百万部でいきましょう」

樫本副社長の隣から、山田《やまだ》社長が言う。

「そんな無茶な！」

「無謀すぎます！」

ほかの部署の人間からも非難の声が上がるが、社長の一言はこの会社では絶対だ。

「それだけ自信があるということですね、氷川くん」

社長は温和な笑みで言うが、その目は笑ってはいない。

……もしも失敗したら、私の首は簡単に飛ぶだろうな。

私は思うが……彼の目を真っ直ぐに見返して言う。

「紅井悠一先生は、そしてあのシリーズは、この程度の売り上げで終わるようなものではありません。私には、絶対の自信があります」

……そう、私が惚れ込んだ紅井悠一は、こんな部数で終わるような作家ではないんだ。

◆

長かった編集会議を終えた私は、荷物を持ってすぐさま地下の駐車場に下り、自分の車で都内にあるピークハイアットホテルに向かった。念のために予約してあった部屋でタキシードに着替え、パーティールームへと向かった。

受付の前で待ち構えていた伯父は、私を捕まえると、さまざまな女性とその家族に引き合わせた。私が二十代後半にもかかわらず独身であることを心配してくれているかもしれないが……かなり退屈で、そして迷惑だ。

「どうしても紹介しなくてはいけない人がいる。今度は女性ではなくて、男性だが」

伯父が言って私の背中に手をあて、人ごみを縫って歩きだす。

「前に話したことがあるだろう？　昔からわが一族と親交が深い、紅井家のご家族だ」

伯父は言い、それから少し意地悪に笑って付け加える。

「私も会うのは久しぶりだよ。……今では昔の栄華が信じられないくらい、庶民的な暮らしをなさっているようだからね」

私は伯父の下卑た態度に微かな嫌悪感を感じながら人ごみを抜け……舞踏室の一角で人々

に囲まれている華やかな家族に気づく。伯父は庶民的な、と言ったが、彼らは着飾った社交界の人々の間でもひときわ目立っていた。燕尾服に身を包んだ、五十歳代くらいの父親、そのすぐ横に立つのは長男らしい二十代後半に見える男性。二人は身長が百九十センチ近くあり、欧米人がほとんどのこのパーティーでも見劣りしない男らしい体型をしている。顔立ちはよく似ていて、彫刻のようなハンサムだが揃って眉間に頑固そうな縦皺がある。私は長男らしき男性に見覚えがあることに驚き……そしてその脇に立つ若い男性に目を移してギクリとする。彼はこちらに背中を向け、母親らしいドレス姿の女性と何かを話している。身長は百七十センチ半ば程度。ほっそりしているが決してか細くはない、いかにもスポーツの得意そうな引き締まった体型をしている。洒落た感じで自然に流れる栗色の髪。一本一本がエナメルコーティングされているかのような艶《つや》がある。ほっそりした首筋と青年らしい肩の感じ。激しいデジャブを覚えて、鼓動が速くなる。

……いや、まさか彼がここにいるわけが……。

「久しぶりです、ミスター・クレナイ」

伯父が父親らしい男性に声をかけ、彼がこちらを振り返る。そしてこちらに背を向けていた青年も振り返って……。

「うわっ！　氷川さん？　なんで？」

彼は私の顔を見上げて、小さく声を上げる。私は後ろ姿から想像していた本人だったことに驚きながら、彼を見下ろす。

「こんばんは、こんなところでお会いするとは」

彼は、数日前に会ったばかりの紅井悠一だった。彼は困った顔で頬を染めて、

「うん……めちゃくちゃ驚いちゃったよ」

伯父はその様子を見て、不思議そうにする。

「紅井家のご子息と面識があるのか？」

私はまだ呆然としている悠一に視線を送る。彼がこの仕事のことをどの程度まで家族に話しているのかがよく解らなかったからだ。家族に秘密で仕事を続けている小説家も少なくない。その場合、出版社の人間が情報を漏らしてしまうと大変なことになってしまう。

「ええ、まあ」

「それは奇遇だ」

悠一の父親らしい男性が、満面の笑みで一歩踏み出してくる。

「うちの次男は趣味で文学をやっていましてね。本も何冊か出しているようなんです。もしかしてその関係かな？」

伯父は一瞬面食らったような顔になり、私を振り向く。

「うちの甥《おい》は省林社という出版社で仕事をしているんですよ。一族の会社を継ぐ前の、ほんの修業に過ぎないのですが。……それと何か関係が？」

悠一が複雑な顔で私を見つめ、それからにっこりと笑いながら言う。

「ええ。省林社にはお世話になっています。そのご縁で俊文さんとも顔見知りです。……文学作品を執筆することは、ほんの趣味なんですけど」

「なるほど、素晴らしい。……ご子息は高雅な趣味をお持ちのようですな」

「ほんの若輩者なので、お恥ずかしい限りです」

彼の父親らしき男性は自分の家族を紹介し、伯父は私を紹介する。伯父と父親らしき男性が学生時代の昔話を始めると、悠一は私に目配せをしてから言う。

「すみません、僕、飲み物を取ってきます」

「では、私も」

私と悠一は揃ってバーカウンターに向かう。悠一は歩きながら、小声で囁いてくる。

「……僕がミステリー書いてること、絶対秘密だからね。両親は知らないんだ。昔風のお堅い文学作品か、その研究書か何かを執筆してると思ってる」

「わかりました。……そういえば、あなたは本名をそのままペンネームにしていますが、大丈夫なのですか？」

彼は肩をすくめて、

「父さんと母さんは、社交界での付き合いと、パーティーと、服を仕立てることにしか興味がない。本屋になんか一度も行ったことないんじゃないかな？」

「ですが……」

　私はチラリとこちらを睨んできた、彼の兄の顔を思い出しながら言う。

「あなたの兄上は、東峰大学の理学部の准教授では？　書店とは縁が深そうですが」

「兄さんのこと、知ってるの？」

　驚いた顔で見上げてくる彼に、私は肩をすくめて見せる。

「私も東峰大学の出身です。彼は理学部、私は文学部なので専攻は違いますが、彼は私の先輩です。学内でも有名でしたよ」

「そっか。そうだよね。兄さんはすごく優秀な人だもん」

　悠一は誇らしげに言い、それから小さくため息をつく。

「……兄さんには、ペンネームと本名が同じであることはバレてる。兄さんは数学の専門書しか読まないから、僕の本の内容なんか、もちろん知らないけど」

　彼の横顔が沈んで見えることに気づき、私は少し気がかりになる。

「もし、ご心配なことがあるのなら、なんでも相談に乗らせていただきます」

　思わず言ってしまうと、彼は驚いたように私を見上げてくる。私はハッと我に返って、

「失礼しました。出版社の一社員でしかない私が、クリエイターであるあなたに偉そうに言うような言葉ではありませんでした」

「そんなことない」

彼はその煌く瞳で私を見上げて言う。

「なんか、ちょっと嬉しいかも。どうもありがと」

彼は言い、ふわりと笑みを浮かべる。その唇がとても柔らかそうに見えて……なぜか微かな眩暈を覚える。

いつもふざけてばかりの彼だが、こうしてまじまじと見ると本当に麗しい。顔立ちが美しいだけでなく、言いようのない高貴さを持っていて、不思議と心が揺らされる。

……どうしたのだろう、私は？

「ねえ、あっちで呼んでるみたいだよ」

陶然と彼に見とれてしまっていた私は、彼の言葉に我に返る。

「ああ……そのようですね」

少し離れた場所で、伯父が私に手招きをしている。近くには華やかなドレス姿の女性とその家族らしき人々がいて、何かを話しながらちらちらとこちらを窺っている。

「のんきだなあ。これって、あなたの結婚相手を探すためのパーティーなんだよね？　父さんが言ってた」

その言葉に、私は少し驚いてしまう。

「結婚相手？　そんな話はまったく聞いていません。伯父が日本に滞在するので挨拶のためのパーティーを開くとしか……」

「まあ、あなたはどうあれ、伯父さんはそのつもりなんじゃない？　あの女性もまんざらじゃなさそうだし」

彼は言いながらカウンターに近寄り、置いてあった赤ワインのグラスを二つ取る。そして私にそれを両方とも差し出す。

「ほら、あの女性が持ってる赤ワインのグラス、空になりそうだ。おかわりを持って行ってあげなきゃ」

にっこりと微笑まれて、なぜか胸がズキリと痛む。

「私は、結婚相手を探すつもりはありません。そうと知っていたら、こんなパーティーからは逃げていたでしょう」

私は言いながら、彼の手からグラスを受け取る。それから彼が不思議そうな顔をしていることに気づいて、

「すみません。あなたに愚痴を言っても仕方がありませんでした」

「いいよ。お互いに大変だ」

彼は微笑みながら言う。私はなぜかどきりとしてしまいながら、

「お互いに……というのは……？」

「ああ……」

彼は自分の家族の方にチラリと視線をやる。秋一氏が若い女性数名に囲まれ、それを両親

がにこやかに見守っているところだった。

「父さんと母さんが、おこぼれに与《あずか》れって。僕と兄さんを、良家の子女とくっつけたいみたい。……まあ、僕はゲイだから、そんなこと言われても無理なんだけどね」

さらりと言われた言葉に、私は一瞬耳を疑う。

「……え？」

「だから、ゲイだって。……あれ？　ほかの作家とかと一緒の時にはしょっちゅう言ってたはずだけど。もしかして冗談だと思ってた？」

「……すみません。本気だとは思っていませんでした」

彼は言い、私を見つめたままで唇に笑みを浮かべる。

「そっかあ……あ、もしかして、今、『こいつのこと抱き締めちゃったの、やばかった』とか思ってる？　『ストレートだと思ってたから抱き枕になってやったけど、ゲイだったなんてキモチワルイ』とか？」

彼の口調に含まれた自嘲《じちょう》的な響きが、私の中に怒りに似た不思議な感情を湧きあがらせる。

「私を、そんな人間だと思うのですか？」

言った声がきしるように低く、彼は一瞬怯《おび》えたような顔になる。

「あ、ごめ……そういうわけじゃないけど……」

「私はゲイに偏見はありませんし、あなたのことを気持ちが悪いなどとは絶対に思いません。それだけは覚えておいてください」

私は言い、そのまま踵を返す。背中に視線を感じながら伯父に近づく。伯父のそばに立った女性に微笑んで会釈をしてから、伯父に向かって言う。

「失礼、急ぎの仕事が入ってしまいました。そろそろ失礼します」

私が言うと、伯父は苦々しい顔をするが、私は気にせずに彼に背を向ける。そしてさっきの場所に立ち尽くしている悠一に近づく。

「よかったら、お送りします。それとも、まだパーティーにいて、ご家族と一緒にお帰りになりますか？」

言うと、彼は慌てたようにかぶりを振る。

「冗談じゃない。こんな退屈なパーティー、一瞬でも早く抜け出したい。……ああ、それ、どうしよう？」

彼に言われて、私は両手にワイングラスを持っていたことに気づく。

「ああ……どうしましょう？　あの女性に渡してくれればよかった」

「そんなことしたら抜け出せなくなってたよ。あの女性、笑いかけられただけで赤くなってるし」

彼は笑いながら私の手からワイングラスを一つ取る。

「じゃあ、乾杯しよう？　……退屈なパーティーを抜け出せることを祝って」

彼の言葉に、私は思わず微笑んでしまう。

「あなたのおかげで抜け出す決心がついた。一人だったら機会を失って最後までつき合わされていたかもしれません。……ああ…そう言えば……私は車で来ています。どちらにせよ、ワインは飲めません」

「そうなの？　それなら……」

彼は言って、私の手からグラスを取り上げ、二杯のワインを一息に飲む。彼が酔ってしまったら大変だ、と思いながら見るが……彼は平然とした顔で、

「ご馳走様」

にっこり笑い、二つのグラスを振ってみせる。

「ちょっとだけ待ってて」

言って私を置いて踵を返し、通りすがりのウエイターに空のグラスを渡す。そして離れた場所にいる自分の家族の方に向かって歩きだす。人々の間を身軽に通り抜けていく彼のほっそりした後ろ姿はやけに優雅で、私は思わず見とれてしまう。

……本当に、なんて美しい青年なのだろう？

彼は家族の近くに行き、先に帰りたいと説明をしているようだ。その時、彼の兄がチラリと私の方を振り返った。遠くて定かではないが、きつい目で睨まれた気がして、なんとなく

悪いことをしているような気分になってくる。

そして、ふいに彼を抱き締めて眠った夜のことを鮮やかに思い出す。それだけでなく、とてもしなやかだったその身体の感触も。

自分の心の中を検証し、そして嫌悪感など少しもないことに満足する。しかしなぜか鼓動が速いことに気づいて自分で驚く。

……ああ、どうしたというんだ、私は？

紅井悠一

……どうしよう、頭の中が、彼のことでいっぱいだ……。

僕はモバイルコンピュータのキーに指を置いたまま、呆然と思う。

家族はまだピークハイアットホテルから戻ってないみたいで、屋敷の中は森閑としている。

退屈なパーティーから僕を連れ出した氷川は、自分の車で僕を家まで送り届けてくれた。

彼の車は漆黒のアルファロメオで、僕はその乗り心地のよさと格好よさに夢中になった。二人で車談義をしていたら……あっという間に僕の家の前に到着してしまった。

……ああ、もっとゆっくりデートしたい。もっとたくさん話がしたい。

シャワーを浴びた後、一応仕事をしようとコンピュータの電源を入れたけれど……なんだかポーッとしてまだ一行も書けていない。

氷川のおかげで来月号の雑誌原稿は上がったばかりとはいえ、ドラマ化も控えているせいでインタビューやら特集用の短編やらの細かい仕事も多い。さらに再来月《さらいげつ》の雑誌では僕のシリーズの巻頭特集が組まれるらしくて、原稿の枚数は大増量らしい。だから本気で頑張らなきゃいけないのに……。

「……はあ……」

僕はため息をついてキーから指を離し、デスクチェアの背もたれに背中を預けて目を閉じる。

目を閉じると、彼の端麗な顔が鮮やかに浮かんでくる。しかも月明かりの下で見た、ものすごくセクシーな目をしたアップ。耳の奥では彼の優しい囁きが響くようだし、身体はまだ抱き締められてるみたいに熱い。

……チャラい遊び人だったはずの僕が、まさか、こんなことになるなんて……。

身体の奥から、あの夜みたいな甘い疼《うず》きが湧き上がってくる。僕は自分の身体を自分で抱き締め、またため息。

……信じられない。もしかして、これが恋をするってこと……？

僕が書いているのは若者向けのミステリーで、読みやすさと、主人公の軽いキャラクターと、ちょっとだけ凝ったトリックと、山奥のお屋敷とかのベタな舞台設定が売り。恋愛要素はごくごくたまに出てくるけれど、高柳副編集長にいつも「物語は文句なしに面白いですが、恋愛に関してはまったく現実的ではありませんね」と一刀両断されていた。彼に言わせれば、「まるで一昔前の少女漫画のよう」だそうだ。

「どうせ、遊んでるばかりでまともな恋愛には縁がなかったですよ〜、だ」

僕は中空に向かって悪態をついてみる。

この軽い性格と、それに見合ったルックスで、僕は学生時代から男女共にモテまくってきた。みんな僕に熱心に愛を囁いてきて、無条件に甘やかしてくれる。僕は、僕のことを好きになってくれる人達が、みんな大好きだった。

だけど、しばらくすると、みんな「自分だけを選んで。ほかの誰かと会わないで」と言ってくる。困っている間に雰囲気が悪くなって、仲良しだった人達は仲たがいを始めたりする。だから僕は、「本当は別に本命がいるんだ」って全員に嘘をつく。「この遊び人」って罵倒《ばとう》されるし、嫌われるけど、誰かが怖い顔をして喧嘩しているのを見るよりもよっぽどマシだ。そういうのを繰り返しているうちにそういうのが癖になっちゃったみたいで、社会人になった今でも、相変わらず恋人がいなかった。

……その僕が、まさか……。

僕は左手を自分の心臓の上にそっと当ててみる。手のひらに伝わってくる鼓動は、彼に抱かれていたあの夜と同じくらい速い。

……一人の人間に、本気で恋をしちゃうなんて。

自分は真面目な恋愛になんか縁がないとずっと思ってきた。クビにされない限りは小説で食べていけそうだし、一人暮らしをしたとしても家事くらいは適当にできると思う。地球上にはこんなにたくさん人間がいるのに、その中から一人だけを選んで付き合うことの意味が、今まで全然解らなかった。恋に悩んでる人を見るとちょっとだけうらやましくはあったんだけど、恋に落ちるやり方は、僕には想像も付かなかった。

……でも……恋っていうのは、きっとそんな簡単なものじゃないんだよね。

僕は目を開き、部屋の窓のほうに視線を向ける。あの夜にはまん丸だった月が、今夜は少しだけ欠けている気がする。

……恋っていうのは、頑張ってするものじゃない。気づいたら落ちていて、一度落ちたら、もうどうしようもないものなんだ。

「……これからどうすればいいんだろう？」

僕は呟き……それから、「まずは原稿を仕上げてください」という言葉を思い出す。悶々《もんもん》としていても仕方がない。好きになってもらえるかどうかはかなり謎だけど、せめて嫌われないように、原稿を頑張るしかない。

「……よし、頑張る」

僕はコンピュータに向き直り、目を閉じる。集中すると、僕の頭の中には映画みたいに鮮やかな映像が動き始める。僕はそれを文章にして表すために、最速でキーを打ち始め……。

氷川俊文

……彼は、もう眠っただろうか？

彼を自分の車で家まで送り、私はホテルに戻った。パーティー会場にはもう行かずに部屋に入り、大きな窓から東京を照らす金色の月を見上げている。

……無理をして原稿を書いてはいないだろうか？

彼を抱いて眠った夜は満月だったが、今夜は少し欠けている。あの夜のことを鮮やかに思い出して、私の胸が激しく痛む。

腕の中にあった、彼のしなやかな身体《からだ》。首筋をくすぐった、あたたかな呼吸。彼の髪から立ち上った、その芳香。

「抱き枕になって欲しい」そう言った時の彼は、無邪気で明るい普段の言動からは想像もつかないほど恥ずかしげで、儚《はかな》げで……私の理性は一瞬で吹き飛ばされてしまった。

私は照れる彼を言葉で惑わせ、彼の手を摑《つか》んで引き寄せた。そしてそのままベッドに引き込んで、胸を熱くしながら抱き締めてしまった。

私は窓の外を見つめながら深いため息をつく。

ずっとファンだった紅井悠一《くれないゆういち》のサイン会に同行し、ドラマ製作チームに加われて、私はとても幸せだった。間近に見る彼は写真やテレビで見るよりもずっと美しく、さらにとても人懐こい。私がファンだと知ってからはさらに懐いてくる。大家族の長男で自分よりも弱いものは絶対に守らなくてはならないと心に決めてきた私は、彼をまるで弟のように感じてしまい、ついつい可愛く思ってしまった。彼は省林社《しょうりんしゃ》の誇るベストセラー作家で稀有《けう》な才能の持ち主。そんなふうに思ってはいけないと、解《わか》ってはいるのだが。

……そして、いつの間にか、こんな特別な感情を持つようになってしまった。

私は、彼を思うだけで心が熱く痛むのを感じながら思う。

……もしも彼も私を好きになってくれたとしたら、どんなに幸せだろう。

自分が女性に興味の持てない人間だというのは、ずっと昔から自覚していた。だが男性となら気軽に恋ができるような性格でもない。強く望まれてごく限られた人数の相手と付き合ったことはあるが、いずれもたいした情熱を持つことができず、長くは続かなかった。自分は恋愛などには縁のない人間なのだとずっと思ってきた。

……なのに……。

私は月を見上げながら思う。

……まさか、こんなふうに恋に落ちてしまうなんて。

彼は圧倒的な才能に恵まれ、とても麗しく、その煌《きらめ》く黄金色のオーラで出会った人間を次次に虜《とりこ》にしていく。だがその反面、とても気まぐれで、まるで美しい猫のように自由だ。不思議と憎めないうえに、自分の魅力をまったく自覚していないのでさらに始末が悪い。

……あんなふうに甘えてきたのは、きっといつもの気まぐれだ。

私は必死で自分に言い聞かせるが……彼の甘い囁《ささや》きを思い出すだけで胸が熱くなるのを止めることができなくなる。

……まったく、子供ではあるまいし、本当にどうしてこんなことになったのだろう？

◆

「また暇な時には寄ってくれると嬉しいよ」

本のうずたかく積まれたデスク。その前に座った恰幅《かっぷく》のいい男性が、にこやかに言う。

ここは私の母校である東峰《とうほう》大学。その文学部の研究室だ。

大学時代の恩師である八幡《やはた》教授に「久しぶりに遊びに来なさい」と言われて書店営業の合間に何気なく寄っただけだったのだが……思いがけず、長居をしてしまった。彼は実は紅井悠一の大ファンで、ついついその話で盛り上がってしまったからだ。

「長居をしてしまってすみませんでした。それでは失礼します」

私は教授に頭を下げ、研究室を出る。すでに講義も終わった遅い時間のせいか、学生の姿はまばらだ。私は本に埋もれていた幸せな大学時代を思い出しながら敷地内を横切り、街灯に照らされた門に向かって並木道を歩き……。

「氷川《ひかわ》くんじゃないか！」

後ろから聞こえた声に、私は振り返る。そこに立っていたのは、紅井秋一《しゅういち》。大学時代にも何度か言葉を交わしたことはあるが、大して親しかった覚えはない。だが、数学科の天才として知られていた彼のことは、私でもよく知っていた。紅井悠一のペンネームを見た時、ふとこの男の顔が浮かんだのだが、悠一の方はペンネームだと思い、特に気にしていなかった。

……しかし。

「パーティーの時にはあまり話ができなかった。元気だったか？」

秋一の言葉に、私は答えてみせる。

「不思議な縁ですね。あんな場所であなたとまた再会するなんて」

彼はうなずき、それからふと眉間に皺を寄せて、

「君は省林社に就職したと聞いた。うちの弟が本を出しているのも、たしか省林社だ。弟と知り合いなのは、その関係か？」

探るような口調。きっと悠一のことが心配なのだろう。

……二人で同じ部屋に泊まり、抱き合ったことなどを知られたら、大変なことになりそうだ。

「紅井悠一先生はわが社のベストセラー作家です。知らないわけがありません」

私が言うと、彼は眉間《みけん》の皺《しわ》をさらに深くする。

「悠一の頭脳は、本を書くなどということに使われるべきではない。もっと人の役に立つことに使われるべきだ。私はそう思っている」

彼の意外な言葉に、私は少し驚く。

「それはいったい……？」

「弟は、数学に関する稀有な才能を持っている。彼は自覚していないようだが、ことによったら私よりも優秀かもしれない。将来は大学院に進み、そのまま私の研究室に入ってくれると思っていた。……なのに……」

秋一はまるで敵でもあるかのように鋭い目で私を見つめる。

「悠一が小説を書いているところなど一度も見たことがなかった。どうせ遊びで書いてまぐれで受賞しただけだろうし、そんなことがいつまでも続くわけがない。……悠一には数学者としての明るい未来が待っていた。私は、悠一に作家を辞めさせたいんだ」

彼の顔は、とても真剣だった。

「君もプロの出版関係者なら、悠一の書くものがどんなに拙《つたな》いかよくわかるだろう？　説得に協力してくれないか？」

その言葉に、私は激しい怒りを覚える。

「悠一くんは、数学だけでなく文学においても稀有な才能を持っています。私は、彼の作品を素晴らしいと思っていますよ」

驚いた顔をする彼を、私はしっかりと見据えて言う。

「私は、その点ではお役には立てません。……失礼します」

そして踵《きびす》を返し、その場を立ち去った。

紅井悠一はいつも明るく、翳《かげ》など一度も見せたことがない。実の兄の話もよく出たが、いつもまるで恋人のことを話すかのように頬《ほお》を染めていて……編集部員達から「重度のブラコン」とからかわれていた。だからきっと兄にも応援されているのだと思っていた。

……なのに。

私が門を出ようとした時、鞄の中に入れてあった携帯電話が振動した。私はそれを取り出し、表示されているのが悠一の担当、藤巻《ふじまき》であることに気づいて慌ててフリップを開く。通話ボタンを押して、

「もしもし。氷川だ」

『氷川さん？　助けてくださいよぉ！』

聞こえてきた藤巻の声に、私は思わず青ざめる。

「どうした？　紅井先生に何かあったのか？」

『ありましたよ！　なんとかしてくださ……うわ、紅井先生！』

『貸して！　わーい、氷川さーん！』

電話の向こうから悠一の声が聞こえてきて、私は不思議なほどホッとする。

「紅井先生。何かあったのかと思いました。大丈夫ですか？」

『大丈夫って何がぁ？　ちょっとお酒は飲んでるけど、全然大丈夫だよぉ！』

彼が酔った口調であることに気づき、私はため息をつく。

「どこにいらっしゃるのですか？　お迎えに上がります」

『本当にぃ？　助かった！　今、神楽坂の「ＤＡＹＳ」にいる。編集部に遊びに行った帰りに飲みにいったんだけど、藤巻まで酔っちゃってー！　本当に頼りにならないよー！』

『ひどいですよ、紅井先生！　先生が飲ませたくせに！』

彼の声の後ろから、藤巻の声が聞こえてくる。悠一は文句を言っていたが意外にウマが合っている様子に、少しホッとする。

「神楽坂の『ＤＡＹＳ』ですね？　すぐに向かいます。御茶ノ水から車で向かいますので、二十分くらいで到着できると思います」

『助かったぁ！　氷川さん、愛してる！』

彼の声の余韻を残して、電話が切れる。彼の声で言われた『愛してる』という言葉に、自分がおかしなほど動揺しているのが解る。

……ああ、あの美しくて気まぐれな作家に、私は本当にやられてしまっている……。

◆

私が店に入ると、顔見知りのバーテンダーが困ったような視線を送ってくる。この店は省林社の社員がよく利用する店で、作家の客も多い。しゃれた店内はいつもなら静かなジャズの調べに満たされているはず……だが……。

「ほら〜、藤巻！　もっと飲めよおっ！　僕の酒が飲めないって言うのかよおっ！」

悠一が言って、藤巻の前に置かれたグラスにテキーラを注《つ》ぐ。すでにかなり酔っているようで、テキーラはグラスから溢《あふ》れてカウンターを濡《ぬ》らす。

「ほら、ちゃん飲めってば！」

肝心の藤巻はすでにカウンターに突っ伏し、微《かす》かないびきを立てて眠ってしまっている。

悠一はそれにすら気づかないように、藤巻に話しかけている。

……本当なら作家を守る立場のはずの担当が、先に眠ってしまっているなんて。

私はため息をつきながら店に踏み込み、藤巻の肩を乱暴にゆすってやる。

「起きろ、藤巻くん。編集が酔いつぶれてどうする？」

「そうだよね～！」

悠一は楽しそうに言って瓶《びん》を置き、自分の隣のスツールを示す。

「あなたも座って。藤巻のヤツ、さっきから寝たふりしてて……」

「ふりではなく、本当に寝ているのでは？」

私は安らかに眠っている藤巻の肩をさらに大きく揺さぶる。

「んん……あ、氷川さん。もう着いたんですかぁ？」

寝ぼけ眼を擦《こす》った藤巻が顔を上げ、私の顔を見て「しまった」とでも言いたげな顔になる。

「あ、おれ、寝てませんよ。紅井先生をタクシーでちゃんとお送りしますから……っ」

「そんなに酔っていてはとても無理だろう。……紅井先生は、私が車で送る。君は……」

「あ、おれのマンション、ここから歩いて五分です。なんとか歩いて帰れますから」

藤巻は大あくびをしながら言い、悠一が、

「ああ、なんだよ、藤巻！　自分の家の近所だから遅くまで飲んでたんだな？　僕なんか麻布十番だからここから遠いのに！」

言いながらスツールから滑り下り、そのまま座り込みそうになっている。

「紅井先生、私がお送りします。……藤巻くん、本当に大丈夫？」

私は彼の身体を支えながら言う。藤巻は苦笑しながら、

「氷川さんの顔を見たら酔いがすっかり醒《さ》めました。ここの支払いはおれがやっておきます。

領収書ももらっておきます」

「ああ、頼んだよ」

私は言い、悠一の身体を支えて歩く。地下にある店から出て階段を上がろうとしたところで、あることに気づく。彼は今夜も薄いトレンチコートの軽装で、このままではとても寒そうだ。

「少しだけ、自分で立っていられますか？」

私は彼に言って手早くコートを脱ぎ、彼の身体に着せ掛けてやる。カシミヤのマフラーも首に巻きつけると、彼はそれに子供のように鼻まで埋《うず》めて呟《つぶや》く。

「……あったかい……」

とろりとした目で見上げられて、私の中の理性が吹き飛びそうになる。

「それならよかったです。階段を上れますか？」

私は力の抜けた彼を抱くようにして階段を上る。近くに停めてあった車の助手席に彼を乗せ、運転席に乗り込む。

「帰りたくないなあ」

彼が小さな声で囁き、私はドキリとする。

ふいに、さっき会ったばかりの彼の兄、秋一の顔が脳裏をよぎる。

……彼は、小説家として生きることを、認められていたわけではなかったんだ。

思うだけで、胸が激しく痛む。いつもの彼の明るさが、どこか無理をしているように感じられるようになる。思い出してみると、彼は時々寂しげな顔をしていたような気もする。

……たまには、羽目を外したい夜もあるのだろうか？

「体調が悪くなければ、少しドライブしますか？」

私が言うと、彼は驚いたように目を見開く。

「体調はもちろん大丈夫。だけど……いいの？」

「ええ、どこか行きたいところはありますか？」

私が言うと、彼は少し考え、それから唇の端に微かな笑みを浮かべる。

「……あなたの部屋」

酔いで甘くかすれた声に、目眩がする。私は彼から目をそらしてシートベルトを締め、エンジンをかける。

「別にいいですが、特に面白いものはありませんよ」

「あなたがどんな部屋に住んでいるのか、ちょっと興味ある。そんなクールな顔をして、エッチな本とか、オタクなグッズがいっぱいだったりしたら、すごく面白いんだけど」

「ご期待に添えなくてすみませんが、そういう趣味はありません」

私は言いながら、彼がシートベルトを締めたのを確認して車を発進させる。彼は背もたれに体重を預けて目を閉じ、とても眠そうな声で、

「ダメじゃなければ、あなたの本棚が見たいな。そしたらあなたにちょっと近づける気がするし」

「もちろんかまいませんが、仕事に関する本は会社に置いてあります。なのでプライベートの本棚にはあなたの本と、あとは堅い研究書ばかりですよ」

私は言い、それから彼が何も答えないことに気づく。ちらりと目を遣《や》ると、彼は長い睫毛《まつげ》を閉じ、安らかな寝息を立てていた。

……ああ、なんて人だ……。

私は胸が熱くなるのを感じながら思う。

……あなたに恋をしている男の部屋に行くというのに、こんなに無防備だなんて。

◆

両親の遺産で、私は麻布の一等地にいくらかの土地を買った。そこにいくつかのビルやマンションを建てたが、その一つのペントハウスからの眺めが気に入り、そこに住むことにした。

私は英国の生まれで、母は日本人だが父は英国人。父方の一族は英国にいるために、伯父は私を結婚させ、あちらに戻して会社経営をさせたいと思っているらしい。いくつかの会社の中には世界的に有名な出版社も含まれるが……今のところ私は日本の出版業界と、そしてこの部屋から眺める東京の夜景が気に入っている。

「すっごい部屋」

まだふらつく悠一の肩を抱き、私はマンションのエントランスをくぐった。そして専用エレベーターに乗せ、最上階にあるこの部屋に彼を連れてきた。

「なんて眺めだろう」

リビングの窓から見渡せる東京を見ながら、悠一はかすれた声で言う。

「東京タワー、麻布ヒルズ、西新宿、お台場。東京って、本当に綺麗《きれい》な街だよね」

彼がガラスに額を押し付けながら囁く。

「いろいろ窮屈だけど、この街に住めてすごく楽しい」

彼はゆっくりと振り返り、背中をガラスに押し付けたまま私を見上げてくる。

「あなたにも、会えたしね」

星空のように広がる東京の夜景、中空に浮かぶ満月。彼を照らす金色の月明かり。私はあまりにも美しい光景に、陶然と見とれる。そしてその無邪気な笑みとシャツの襟元《えりもと》から覗《のぞ》く肌に、不思議なほどの欲情を覚える。

……いけない。このままでは本当に抱いてしまいそうだ。

「そろそろお休みになった方がいいのでは？　眠いのではありませんか？」

私が言うと、彼は小さくあくびをする。

「そう……かも」

「あなたにも着られそうなものを探しておきます。先にバスルームを使ってください」

「どうもありがとう。……あ、でも……」

彼は少し心配そうな顔で私を見上げてくる。

「……もしかして、恋人が来る予定だったとか、ない？　鉢合わせしたらアレかな？」

「恋人はいません。いたらあんなふうにパーティーに連れて行かれたりはしませんよ」

私が言うと、彼はなぜかとても嬉しそうに微笑《ほほえ》んで、

「そうか。僕も恋人がいないんだ。今夜はデートしてるみたいでちょっとドキドキする」

……彼の言葉に、こんなに鼓動が速くなるのはどうしてだろう？

紅井悠一

「はあ……」

キングサイズのベッド。枕を背もたれにしてその端に座った僕は、バスルームに続くドアを見つめながらため息をつく。

……ああ、めちゃくちゃドキドキして死にそう。

彼が貸してくれたパジャマはかなり大きくて、袖口《そでぐち》も裾《すそ》も何度も折り返さなくちゃいけなかった。しかも肩の幅が合わなくてだらっとしているし、襟元もやけに深くまで切れ込んで鳩尾《みぞおち》まで見えそう。要するに、彼がそれだけ大きいってことだ。

……うすうす思ってはいたけれど、彼とは体型がこんなにも違うなんて。

僕は自分の情けない体型にずっとコンプレックスを感じていた。そして身体の大きな男性にやたらと憧《あこが》れてきた。

……でも、まさかこんな気持ちになるなんて。

頬だけじゃなくて身体まで熱くて、なんだかもうどうしようもない気分だ。

連れてこられた彼の部屋。それがあまりにも豪華で驚いてしまった。素晴らしい夜景もそうだし、飴色《あめいろ》のアンティーク家具で統一された室内も、めちゃくちゃ素敵だった。

……あんなに格好よくて、実は優しくて、しかも部屋までこんなにお洒落《しゃれ》だなんて。

室内は塵《ちり》一つなく掃除されていて、もしかして彼の恋人が掃除しているんだろうか、と一瞬青ざめた。だけどここで引いたらおしまいだ、と思い切って聞いてみたら、「恋人はいません」と返された。彼の平然とした口調は、ごまかそうとしているとは思えなかった。

……もしも恋人がいたらきっぱりあきらめようと思ってたけど……そうじゃないんだよな。

僕は鼓動がどんどん速くなるのを感じて、胸を押さえてため息をつく。

……でも、やっぱり、あんまり捨て身になるのは男としてどうなの？　今夜はおとなしく眠った方がいいんじゃないか？

僕はちょっと思ってみるけれど……身体がうんと言わない感じ。

……ああ、迷ってる暇はない、もうすぐ彼がシャワーから出てきちゃう。

「……うじうじ考えるのは性に合わない。やっぱり正直にぶつかるしかない」

僕は呟いて、ため息をつく。

あんなに気が合って、しかもあんなに優秀な営業さんに、今後も会えるとは限らない。本当なら彼とは仕事仲間でいるべきだって解ってる。でも、もう、僕は……。

カチャ、という音とともに、バスルームのドアのノブが回る。僕は慌てて布団に滑り込んで寝たふりをするけれど……どうしても我慢できずに目を開けてしまう。

暗い部屋に、バスルームからの光が四角く差し込んでいる。光を背にして立つ、逞《たくま》しい男。白いバスローブを着て、濡れた髪をタオルで拭《ぬぐ》っている。まるで映画のワンシーンみたい。

彼は僕が寝ていると思ったのかそっとバスルームのドアを閉め、暗がりに沈んだベッドルームを横切ってウォークインクローゼットに近づく。折り戸を開くと自動的に明かりが灯《とも》り、彼はその光の中で引き出しを開いて、パジャマを取り出す。それから、ふいにこっちを振り返る。

……うわ！

僕は慌てて瞼《まぶた》を閉じ、眠っているふりで寝息を立ててみせる。彼が背を向けた気配に、僕はそっと目を開いてみる。

僕が起きていたら、きっと彼はバスルームに戻ってパジャマに着替えてくれただろう。だけど僕が寝たふりをしたせいで……彼はその場でいきなりバスローブを脱ぎ捨てた。

……わああっ！

僕は叫びそうになり、思わず両手で口を押さえる。慌てて目を閉じなきゃと思うのに……どうしても我慢できずに彼を凝視してしまう。

彼はこっちに背を向け、一糸まとわぬ姿で真《ま》っ直《す》ぐに立っている。その身体はまるで完璧に作り上げられた彫刻みたい。がっしりとした骨格と、無駄のないアスリートのような筋肉が……見とれてしまうほど美しい。

すらりと長い両腕、逞しい肩、広い背中と、引き締まったウエスト。見とれるほど長い脚と、ギュッと上がったものすごく格好いいお尻。

……すごい身体……。

僕は呆然《ぼうぜん》と見とれてしまいながら、思う。

……彼の恋人になった人間は、あの美しい身体を毎晩見ることになるんだよね？

パーティーで見た、彼に群がる女性達の様子を思い出す。彼は立っているだけで不思議なフェロモンを発している気がする。女性達は彼のルックスやバックグラウンドだけじゃなくてそのフェロモンに惹《ひ》かれて我を忘れてしまうように思える。

……っていうか、そのフェロモンが強力すぎて、僕の身体までおかしくなっちゃってる。

……彼女達は、花嫁候補だった。ってことは、彼はいつかあのうちの誰かと結婚し、彼女を抱くかもしれなくて……？

そう思っただけで、熱い痛みが、心の奥からこみ上げてくる。

……彼はどんなセックスをするんだろう？

僕の身体に、ズクン、と熱い電流が走った。

……ああ、どうしよう……？

僕はため息をつき、それから慌てて目を閉じる。だけど、彼の美しい身体の残像が瞼の裏に焼きついてしまって、さらに身体を熱くする。

……勃っちゃった……かも……。

パジャマと下着の下、僕の屹立《きつりつ》は燃え上がりそうに熱くなり、痛いほど硬く反り返っている。そっと手を下ろして触れてみると……それだけで爆発しそう。

……ああ、僕、氷川に抱かれたいんだ……。

僕の中から、混じりけのない欲望がふつふつと湧《わ》き上がってくる。

そして僕は、彼に対して抱《いだ》いているのがただの好意ではなくて、恋心だということをはっきりと自覚した。

……僕、氷川にうんとエッチなことをされて、めちゃくちゃにされてしまいたいんだ……。

氷川俊文

シャワーを浴びてパジャマに着替えた私は、彼を起こさないように気をつけながらベッドの端にそっと入る。

私の部屋のベッドルームにあるのは、キングサイズのベッド。ホテルで彼を抱き締めたことはあるが、今夜はあの夜よりもずっと鼓動が速い。

「……氷川さん……」

寝ていると思った彼がこちらに寝返りを打ち、私は驚いてそのまま固まる。彼は私の胸に頬を寄せ、かすれた声で囁いてくる。

「……正直に言えば……僕、あなたのことがめちゃくちゃ好きみたい」

彼の言葉が信じられずに、私は呆然とする。

……これは……夢なのか……？

「キス、したい」

間近にある彼の麗しい顔が、ゆっくりと近づいてくる。

「ダメなら、言って。じゃないと、唇、触れちゃうよ？」

彼の甘い吐息が、唇をくすぐる。その甘美な感触に、私は陶然とする。

……ああ、キスをしたい……。

「本当にいいの？」

彼が囁き、私は目を閉じる。

「どうぞ、いくらでも」

私の唇から漏れた声が、欲望にかすれている。

「それなら、いただきます」

彼は微かに笑い、そして唇を私の唇にそっと押し付けてくる。蕩《とろ》けそうに柔らかな感触に、私の理性がふわりとかすむ。

……彼は酔っている。それが解っていても、彼とのキスはこんなにも甘い。

チュッと音を立てて彼の唇が離れる。

「ごちそうさま。美味《おい》しかった」

私はもう我慢できずに手を伸ばし、彼の両肩を両手で包み込む。彼の顔を下から見上げて、

「待ってください。もうおしまいですか？」

「えっ、あっ」

体勢を入れ替え、驚いた顔をする彼をベッドの上に押さえつける。何か言おうとして動く

その唇を、私は思うさま奪う。

「……ん……んん……っ！」

開いた上下の歯列の間から舌を滑り込ませ、そのあたたかな口腔《こうこう》を蹂躙《じゅうりん》する。

「……ん、ダメ……ああ……っ」

力なく抵抗する彼を押さえつけ、私はその唇を夢中で奪った。

「……あ……っ」

キスを終えた頃、悠一は頬を染め、目を潤ませてしまっていた。

「……そんなにしたら……身体が……」

組み敷いた彼の身体、その脚の間に堅く立ち上がるものがある。

「身体が？　どうしました？」

囁くと彼は泣きそうな目で私を見上げて、

「……熱い……イキそう……」

その瞬間、私はすべてを忘れた。私は彼のパジャマのズボンと下着を剝《は》ぎ取り、蜜《みつ》を垂らす屹立を愛撫《あいぶ》した。そして喘《あえ》ぐ彼の姿を目に焼き付けながら彼をイカせてしまう。

「……あ、くう……っ！」

彼は私の手をたっぷりと濡らしながら放ち、息を弾ませながら私を見上げてくる。

「……ダメ、まだ収まらない。もしかして、あなたも……？」

彼は言いながら、おずおずと私の屹立に触れてくる。

「……あ、すごい……」

私の屹立はいつの間にか硬く反り返り、彼のしなやかな指にパジャマ越しに触れられるだけで爆発しそうだった。

「あなたがそうさせたんですよ」

私は囁き、我を忘れて彼を愛撫し、彼の指で施される拙い愛撫に酔った。

そして私達は、まるでマスターベーションを覚えたばかりの少年のように放ち続け……。

氷川俊文

夜明けに目を覚ました私は、自分にすがりついて眠っている彼を見て、どうしようもない愛《いと》おしさを感じる。

……自分はとんでもないことをしてしまった。だが、この気持ちは本当だ。もしも彼がすべてを忘れてしまっていたとしても仕方がない。きちんと告白しなくては。

そう思った時、彼が私のパジャマを握り締めながら囁いた。

「……兄さん……」

その言葉に私は全身から血の気《け》が引くのを感じた。たしかに紅井秋一と私は背格好も顔つきもやけに似ている。

……まさか、悠一が兄を好きなのだというのは本当で、さっきまでのあれは、酔って私と兄を間違えただけで……？

紅井悠一

……ついに、彼とエッチなことをしちゃった。

僕は頬が熱くなるのを感じながら、ベッドから起き上がる。目を覚ました時に彼は隣にいなかったけれど、微かにコーヒーと、そしてパンを焼く香りがしてる。

……もしかして、朝食を作ってくれてるのかな？

僕はさらに鼓動が速くなるのを感じながら、ベッドから滑り下りる。ベタベタになった身体は昨夜のうちにシャワーで洗い流した。だけど彼に抱かれていた証明みたいに、肌がしっとりと潤っている。

……どうしよう、めちゃくちゃ照れる。

僕は思いながらベッドルームを通り抜け、リビングに出る。リビングから繋《つな》がったキッチンで、彼はこちらに背を向けてコーヒーをドリップしていた。シンプルな綿シャツとジーンズというカジュアルな姿の彼に、ドキドキする。

「おはよう」

僕は裸足《はだし》のままリビングを横切り、彼に声をかける。彼はきっと微笑んでくれるだろうと思うけれど……。

「おはようございます」

振り返った彼の顔に、笑みはなかった。それどころかその顔にはどこか苦しげな色が浮かんでいて、僕を見る目はとても冷たい。

……あ……。

僕は、歩を進めることができずに、その場に立ちすくむ。

……これって……？

僕の全身から、ゆっくりと血の気が引く。

……彼はきっと、僕とあんなことをしたことを後悔してるんだ。

僕は踵を返してベッドルームに走り、昨夜脱いだ服を身につける。そして鞄を抱えて、そのまま彼の部屋から逃げてしまったんだ。

氷川俊文

……私は、とんでもないことをしてしまった。

私はコンピュータのモニターをぼんやりと見つめながら思う。

今夜、ベテラン作家のデビュー三十周年記念のパーティーが、都内のホテルで行われている。そのせいで、営業部の人間は、電話番を申し出た私を残してすべてホテルに向かった。同じフロアのほかの部署も同じような状態らしく、ほとんどの電気が消されている。いつも賑《にぎ》やかな社内が珍しく森閑として、不思議な雰囲気だ。

私はため息をつき、マウスを動かして発売になったばかりの新刊の売上データを表示させる。

営業会議の前に、本の売り上げや読者の反応を調べるのも営業の大きな仕事だ。ネット上の書評ブログなどは感想が偏っていることが多いのでまず見ないが、全国の書店から届く売上データや、懇意にしている書店員さんから届くメール、それに編集部に届くアンケートはがきは参考になることが多い。私はそれをまとめ、会議用の資料にするために傾向をまとめていた。

　この間売り出されたばかりの悠一の新刊は、驚くほど初速を伸ばしている。ドラマ化の影響は会社の上部が考えるよりも大きな話題になっているらしい。車内吊《づ》りの広告に悠一の顔写真が載ったことも大きいだろう。アンケートはがきに「紅井先生本人が素敵で興味を持ち、本を読んでファンになりました」という意味の言葉が多く見られた。あのシリーズには当初からの固定ファンも多いが、あの広告のおかげで新しいファンもかなり増えたのだろう。無謀ともいえるほどの初版を刷ったが、このままならたいして間をおかずに重版をかけられそうだ。

　私は資料を保存し、それからデスクの上に広げたスケジュール帳に目を落とす。三日後にドラマのキャストとの顔合わせがある。ディレクターの方からのたっての希望で原作者である悠一もそれに立ち会うことになっていて、悠一のスケジュールも空けてもらっている。だからその確認の電話をしなくてはいけないのだが……。

　私は時計に目をやり、時刻が十時半であることを確認する。悠一から「電話は夜の十一時までならかけていい」と言われている。だからかけるのなら今だと思うのだが……。

　私はデスクに置いた携帯電話を持ち上げるが……どうしてもためらってしまう。

　……プロフェッショナルとして、きちんと仕事をこなさなくてはいけない。だが……。

「何をぼんやりしてる？　いつもの鬼の営業の顔はどうした？」

ふいに後ろから声をかけられて、デスクの前に座っていた私は少し驚いて振り返る。誰もいなくなった営業部のフロア、その入り口に高柳《たかやなぎ》が立っていた。

「それとも紅井先生に誘惑されたか？」

可笑《おか》しそうに言われた彼の言葉に、私はドキリとする。思わず睨《にら》んでしまうと、

「そんなに睨むな、冗談だ。彼が誘惑するようなことを言うのはいつものことだしな」

「いつものこと？」

私はその言葉に不思議なほどのショックを受ける。高柳は笑って、

「紅井先生は、素敵だの、キスしたいだの、と強烈なことをすぐに言うだろう？　だが、あれは彼の単なる口癖だ。本気にするなよ」

……では、私は、彼の口癖を本気にして、あんなことまでしてしまった……？

思うだけで全身から血の気が引く。

……しかも、ただの身代わりで……？

高柳がいぶかしげな顔をして、

「どうかしたのか？　顔色が悪い。……まさかおまえ……」

彼は眉《まゆ》を寄せて私の顔を見つめる。

「……紅井先生に、個人的に興味がある……とか？」

高柳とは同期入社で、新人の頃からいろいろなことを話し合ってきた仲だ。出版業界の今

後について議論し、夜が明けてしまったことも何度もある。彼は飄々《ひょうひょう》としたその言動のせいで一見いい加減そうだが、芯は正しい正義感を持った熱い男だ。私はそれを知っているので彼にはなんでも相談してきた。そして彼も、自分のことを私にはなんでも話してくれていた。彼はもともとゲイで美しい恋人と同棲していたが、それが破局したこと。しかしデザイナーの五嶋雅春《ごとうまさはる》氏とすぐに恋に落ちたこと、その苦しみ、そして今は幸せなこと。進歩的かと思われがちだがまだまだ保守的な出版業界で、ゲイであることをカミングアウトするのはそうとうの覚悟がいったと思う。そして彼は、私のことをそれだけ信頼してくれていたのだろう。

本当なら、彼には包み隠さず相談するべきなのだろう。だが……。

「さあ、どうだろうな」

私の口から出たのは、ため息混じりの言葉だった。いい加減な態度が嫌いな高柳は、その形のいい眉をきりりとつり上げる。

「なんだそれは？」

彼は椅子に座ったままの私のすぐ脇に立ち、激しい怒りに満ちた目で私を見下ろしてくる。本人には隠しているが、結局この男は紅井悠一作品の大ファンであり、彼の愛すべき人柄を誰よりも尊重している。その作家に何かあったとなったら、ただではすまさないだろう。

「おまえまさか、紅井先生に何か……」

「殴りたければ殴っていい。私は紅井先生のことが好きだ」

私が言うと、彼は驚いたように目を見開く。それから、

「おまえの気持ちは、うすうすわかっていた。だが……問題はその先だ」

高柳は手を伸ばして私のネクタイを摑む。彼はダンサーのように優雅な体型をしているが、ジムでの鍛錬を欠かさないせいで、かなり強い。本気で殴られたらかなりのダメージだろう。

「……紅井先生に、何をした？」

獰猛《どうもう》に囁かれ、野生動物のように光る目で顔を覗き込まれて……私はもう隠してはおけないだろう、と覚悟を決める。

「最後まではしていない。だが似たようなことまではした」

「……なんだと……？」

彼の顔に苦しげな表情が浮かぶ。

「……それが無理やりだったら、私はおまえを絶対に……」

「合意の上だ、もちろん。私がそんな男に見えるのか」

言うと彼は眉を寄せたまま私を見つめ、それから深いため息とともにネクタイを離す。

「……紅井先生に、ついに好きな男が、ね……」

彼は前髪を手のひらでかき上げ、またため息をつく。

「いつも『兄さんが世界一』などと言っていたので、まだまだ純情なお子様だと思っていた。

油断していたな。まさかこんな身近な男に持って行かれるとは。なんとなく娘を嫁にやる親の気分だな」

彼はくすりと笑って、

「悔しいが、一応おめでとうを言ってやる。クールすぎるおまえと、熱すぎる彼は、なかなかいいコンビかも……」

「おまえは誤解している」

壊れそうなほどの胸の痛みに耐え切れず、私は彼の言葉を遮る。

「私と彼は恋人同士ではない。私は彼を愛してしまったが、彼は私に特別な感情など持っていない。私は愛の行為だと思った。だが、彼にとってはただの酔った弾み。たいした意味のある行為ではなかった。……それだけだ」

私の言葉に、高柳が愕然《がくぜん》とした顔になる。

「それは……」

私は手を上げて、彼の言葉を遮る。

「彼はきっと後悔している。そして私を避けている。だから……私はすべてを忘れなくてはいけない。わかっている。きっといつかは忘れられる」

私は一気に言い、それから手で顔を覆ってため息をつく。

「だが、今はまだどうしても無理だ。今すぐに忘れなくてはいけない、それはよくわかっているのに……」

「愛してるんだろう？　そうそう忘れられるわけがない」

彼がなぜかとても静かな声で言う。それから、

「もしも無理なようなら、プロジェクトから外れるか？」

彼の言葉に、私は驚いてしまう。

「待ってくれ。このプロジェクトには長い間力を注いできたし、私の個人的な知り合いも多く絡んでいる。私が突然抜けたらプロジェクトの結果に影響が出ると思う。……私はこのプロジェクトは絶対に成功させたい。そして紅井先生が嬉しそうに笑うところが見たいんだ」

私は一気に言い……それから、あんなことをしてしまったからには、彼が微笑むところを見るのはもう二度とないだろう、と漠然と思う。心が壊れそうに痛むが、これは自分自身が招いたこと。痛みは私が受けるべき罰だ。

「私は自分からはやめない。……だが、もし……」

私はため息をつきながら言う。

「……紅井先生が、どうしても私の顔を見たくないというのなら、その時は私をプロジェクトから外してくれてかまわない。支障が出ないように、できるだけ裏からサポートする」

「紅井先生のプロジェクトには、わが社の社運がかかっていると言ってもいい。企画立案者であるおまえに、そうそう簡単には下りてもらっては困る。だが……」

高柳は言い、それから私の顔を真っ直ぐに見つめてため息をつく。

「紅井先生本人から申し出があったら、おまえを外す。……このままでは壊れてしまうだろう、おまえが」

彼の口調が苦しげだったことが、私の胸をますます痛ませる。

……私は、そんなに情けなく見えるような状態なのだろうか？

紅井悠一

「恋ってさあ……」

僕はカフェテーブルに頬杖《ほおづえ》を突き、煌《きらめ》くイルミネーションを見つめながら言う。

「なんでこんなに切ないのかなあ？」

言ってしまってから、とてもじゃないけど自分らしくない言葉だって気づく。僕は慌てて笑って見せて、

「なあ～んて。ちょっと絵になってた？　惚《ほ》れそう？」

茶化してみるけれど、相手はなぜかまったく笑わずに僕を見つめたままだ。イルミネーションを映す眼鏡のレンズの向こうで瞳が煌いている。

パーティーやインタビューでの柚木《ゆずき》くんはコンタクトレンズにしてその麗しい顔をさらすけれど、普段の彼は大きな黒縁眼鏡をかけたまま。髪型も前と同じぼさぼさ。だけどやっぱり彼はすごく綺麗。無垢《むく》さと純粋さが雰囲気にも滲《にじ》み出てるって言うか。

「紅井先生」

彼は僕を真っ直ぐに見つめたまま、静かな声で言う。

「恋をしてるんですね？」

「えっ？　いや……冗談だってば……」

僕は慌ててごまかそうとするけれど、なぜか顔がこわばって思うように笑えない。

「僕なんかチャラい遊び人だし、真面目に恋なんかする資格は……」

「恋をするのに、資格がいるんでしょうか？」

柚木くんは真面目な顔のまま、小さな声で言う。僕は、彼と天澤さんが恋人かもしれないことを思い出し、慌てて、

「君みたいな純粋で綺麗な子なら、何も気にせずに恋をすればいいと思うよ？　でも僕みたいな軽い人間には……」

「やっぱり恋をしてるんですね」

彼の言葉は、質問ではなくて確認だった。

彼はいつもはポーッとしていてすごく可愛いけれど、やっぱり稀有な才能を持った小説家だ。たまにものすごく鋭いことを言うし、勘もいい。

「相手の名前を聞かせろとか、言う？」

僕がため息をつきながら言うと、彼はゆっくりとかぶりを振って、

「無理やりに聞きだす気はありません」

「うん、それならいいか。相手はいえないけど、実は好きな人がいる。だけど……」

僕は思わず自嘲《じちょう》的に笑ってしまいながら、

「……ちょっとやりすぎちゃった」

柚木くんは眼鏡の向こうの目を、驚いたように大きく見開く。

「やりすぎ……？」

彼みたいに純粋そうな子には、恋人でもないのに相手の性器を愛撫したなんて、きっと想像すらできないだろう。僕は、

「いや、内容はあまり言えないけど、ちょっとね。……ああ、別に女の子に襲いかかったとかじゃないから心配しないで」

柚木くんは、黙ったままで僕を見つめる。その目の中には好奇心も非難するような光もなくて……僕はなんだか不思議なほど安堵《あんど》する。彼は静かな声で、

「ええと……あなたは『やりすぎた』と思ってる。それで、相手に嫌われたのではないかと心配してる。……それで、そんなに悩んでるんですか？」

「いや、別に悩んだりとかはしてないってば」

「でも、いつもと全然違います」

柚木くんにきっぱりと言われて、僕はまたため息。

「ごめんね、心配してくれてありがとう。もとはといえば僕がだらしないのが悪い。誘惑に

弱すぎるっていうか、仕事に関してもそうだし……きちんとした柚木くんには軽蔑《けいべつ》されそうだけど……」

「僕は紅井先生を尊敬してます。もともとファンだったのもありますけど、デビューして以来、この世界で第一線で活躍してきたっていうのがどんなにすごいことかもよくわかりました。それに何よりあなたの人間性が好きです」

彼の素直な言葉に、なんだか泣きそうになる。

「いや……君はなんか誤解してる。でも、ありがと。ちょっと元気出たよ」

僕は手を伸ばして、カフェテーブルの向こう側にいる柚木くんの髪をそっと撫でる。まるで仔猫のそれのようなふわりとした手触りに、なんだか胸が痛む。

「君はどこもかしこも柔らかくて、綺麗で、しかも中身まで純粋。ほんとうらやましいよ」

僕は言い、そして待ち合わせをしていたほかの作家達、それに小田《おだ》くんと天澤《あまさわ》さんがカフェに入ってきたことに気づく。きっともうすぐ、氷川もここに来るだろう。

「君のナイトも来た。僕の役目も終わりかな？　……んじゃ、またね」

僕はテーブルの上のモバイルをメッセンジャーバッグに突っ込み、サーモカップを持ち上げる。中身がまだたっぷり入っていることに気づいて、いかに長いことしゃべっていたかに苦笑する。

……愚痴なんか言われて、しかもきっと全然意味が解らなかっただろう。なんだか悪いことしちゃったな。

「ごめんね、柚木くん。仕事頑張って」

椅子から立ち上がり、彼の髪をまたクシャッと撫でて出口に向かう。

「どうした、紅井。今夜は高柳副編集長も藤巻も来ないぞ？　慌てて逃げなくても……」

草田《そうだ》が不思議そうに言い、僕はすり抜けざまに笑ってみせる。

「僕にだって、たまにはお仕事したい夜があるんだってば。みんなも見習ってね」

コーヒーを買っている知り合いの面々に手を振って、そのまま店を出る。

……あ〜あ、なんで逃げてるんだろう？

自嘲しながら店を出た僕は、思わず立ちすくんでしまう。ゆるい坂の上、横断歩道を渡ろうとしている背の高い人影に気づいたからだ。

逞しい身体で、今夜も一分の隙もなく着こなしたダークスーツと黒のロングコート。今夜の東京は少しあたたかく、彼はコートのボタンをすべて外したまま。長いストライド、翻るコートの裾。一瞬一瞬が、まるでファッショングラビアみたいに格好いい。

……氷川……。

彼は片手に黒革のアタッシェケースを持ち、もう片方の手で携帯電話を持って耳に当てている。いつものように難しい顔で何かを話しながら坂を下りてきて……ふと何かに気づいたように目を上げる。

「……う……っ」

僕を見据える漆黒の瞳。それはあの夜と同じようにやけに澄み切っていて……。

……ダメだ、顔、合わせられない……！

僕は我慢できずに踵を返し、そのまま坂を駆け下りる。さっきまでいたカフェの脇を通り抜け、そのまま麻布十番方面に走り続ける。

……逃げるなんて、本当にバカみたいだ……！

氷川俊文

……行ってしまった……。

私は、遠ざかる彼の後ろ姿を呆然と見つめながら思う。

……彼はきっと、私とあんなことをしたことを後悔している。

思うだけで、潰《つぶ》れそうなほど心が痛む。

……彼が本当に実の兄の秋一氏を愛しているのかは解らない。だが、彼が私を愛していないこと、そしてあの夜がただの幻だったことだけは、確かなのだ。

私はまだ呆然としたまま店内に入る。カウンターでエスプレッソを頼み、店内を見渡す。一角のテーブルに作家さん達や高柳副編集長がいるのが見え、今すぐに帰りたい気分になる。

……とても、愛想よく話ができそうな心境じゃない。

思うが、今さら踵を返すわけにも行かない。私はエスプレッソのカップを受け取り、彼らのいる席に向かう。

「こんばんは、氷川さん」

最初に声をかけてきたのは、柚木つかさだった。彼の視線の中にとても心配そうな光があったのを見て、悠一はきっと彼に話をしたのだろうと思う。

「こんばんは」

私は答えるが、彼の視線をまともに受け止めることができない。ほかのメンバーも口々に挨拶をしてくれ、編集の小田雪哉《ゆきや》が荷物をどかして自分の隣の席に座るように言ってくれる。

「ありがとう」

私は言って、その席に座る。そして柚木つかさの正面だったことに気づいてドキリとする。彼が悠一から聞いたことをほかの誰かに暴露するとはとても思えないが、こんな風に心配そうにされるととても居心地が悪い。それはきっと、私にやましいところがあるからだろう。

「最近の紅井はどこか変だと思わないか？」

大城貴彦《おおしろたかひこ》が何気なく言った言葉に、私はギクリとする。彼の隣に座った草田克一《かついち》が言う。

「そういえば、ちょっと変だな。急にハイになったかと思えば、妙に口数が少なくなったり。放っておくとボーッと遠くを見つめたりする。その顔がまたやけに色っぽいんだよなあ」

その言葉に、私はドキリとする。押野充《おしのみつる》が笑いながらうなずいて、

「そうそう。まるで恋をしているみたいに頬を染めてボーッとしていることがある。いつもふざけているからあまり意識してないけれど……ああいう顔をすると彼は本当に綺麗なんだよね」

私は、頬を染めて陶然と見上げてきた悠一の顔を鮮やかに思い出す。月明かりの下の彼は本当に麗しく、見ているだけでおかしくなりそうなほど色っぽかった。

……無意識とはいえ、ああいう無防備な顔をほかの男にも見せているのか。

なぜか胸の奥に、熱く不思議な感情が生まれる。それはまるで独占欲のようで……私は自分で自分を嗤《わら》う。

……彼が興味があるのは、きっと秋一氏に対してだけ。あの様子からも、あのことを後悔し、私を避けたいと思っているのがはっきりと解るじゃないか。

とても好きだった彼にすがりつかれながら「兄さん」と言われたことのショックは、実はかなり大きかったらしい。私は自分が果てしなく落ち込んでいくのを感じる。

「あの、氷川さん」

控えめな声に、物思いに沈みそうだった私はハッと我に返る。顔を上げると、柚木つかさがとても心配そうな顔で私を真っ直ぐに見つめていた。

「紅井先生は、あなたのことがイヤで逃げたんじゃありません。だから……そんなつらそうな顔をしないでください」

彼の言葉に、ほかのメンバーが一斉に私を振り返る。

「何？　氷川さん、紅井に逃げられて落ち込んでるの？」

「ええっ？　もしかして紅井に興味あり？」

草田克一と押野充の二人が、興味津々の顔で身を乗り出してくる。それを見た柚木つかさがとても慌てた顔になる。

「いえ、すみません！　僕が勝手にそう思っただけで……すみません、僕、余計なことを言ってしまって……！」

「柚木先生」

彼の隣に座っていた天澤由明《よしあき》が、泣きそうな顔になった柚木つかさに言う。

「心配しなくても大丈夫です。うまくいく運命なら、放っておいてもうまくいく。あなたは、あなた自身の恋人のことを考えればいいのでは？」

言いながらチラリとこちらを見られて、私は内心ため息をつく。

カリスマ編集といわれた彼は、たくさんの作品を扱ってきただけにいろいろな面でとても鋭い。彼にはきっと私の悠一に対する執着を見抜かれているのだろう。

……うまくいく運命なら、放っておいてもうまくいく……か……。

私は彼の言葉を心の中で繰り返し、それから自嘲する。

……きっと彼とはうまくいかない運命だったんだ、もう忘れるしかない。

思うが……私の心はどうやらコントロールを失っているようだ。彼の走り去る後ろ姿を思い出すだけで、死んでしまいそうに苦しくなる。

……ああ……忘れられれば、どんなに幸せだろう。

紅井悠一

「それでは、そろそろ顔合わせを始めたいと思います」

プロデューサーの大杉《おおすぎ》さんが言って簡単な自己紹介をし、僕は姿勢を正す。

だだっ広い会議室。ロの字形に並べられたデスクには、俳優さんや女優さんがびっしりと椅子を並べている。キャストを聞いた時にも思ったけど……なかなかテレビには出てくれないようなとんでもない大物俳優さんがいたりして、すごく豪華だ。

……すごいな。出演が決まったのはきっと大杉さんの力が大きいんだろうけど……『紅井悠一の事件簿』に出たいと少しでも思ってくれたのなら、すごく光栄だ。

「まずは、『名探偵・紅井悠一の事件簿』、原作者の紅井悠一先生から一言」

ディレクターとプロデューサーの間に座らされた僕は、いきなり振られてちょっと驚く。

「えっ、いきなり僕ですか？」

思わず言ってしまい、俳優さん達に笑われてしまう。僕は赤くなりながらも、会場の緊張が解《ほぐ》れたことにちょっとホッとする。それから椅子から立ち上がる。

「原作者の紅井悠一と申します。ドラマ化、とても嬉しいです」

僕は会議室に集まった面々を見渡しながら思う。

「これだけのキャスト、そして製作スタッフが揃《そろ》ったのですから、きっと素晴らしいドラマになると確信しています。楽しみにしていますので、よろしくお願いいたします」

一気に言って、彼らに頭を下げる。室内が拍手で一杯になり、僕はホッとしながら会議椅子に着席する。大杉さんが僕に満面の笑みでうなずいてくれて、それから言う。

「それでは次に、主演の早瀬《はやせ》マモルさんより自己紹介をお願いできますか？」

僕の真正面に当たる場所に座っていた若い男性が、身軽に立ち上がる。

「紅井悠一役をやらせていただくことになりました、早瀬マモルです」

彼は、今一番人気と言われているジョニーズ系男性アイドル。たしか去年のＣＭ出演数はナンバーワンで、見ない日はないと言われるくらいの超売れっ子。舞台やドラマへの出演経験も何本かあって、顔が格好いいだけでなくて演技力があることで、僕も注目していた。いかにもスポーツが得意そうな体型と、やんちゃそうな雰囲気を持つかなりの美青年。女性達がきゃあきゃあ言うのも無理はない。

「『名探偵・紅井悠一の事件簿』は、以前から読ませていただいていました。その主役を演じることができるなんて夢みたいです。……若輩者ですが、よろしくお願いします」

彼が言って俳優さん達に、きっちりと頭を下げる。椅子に腰を下ろした彼が僕にちらりとまう。

視線を送ってくる。彼の顔に人懐こそうな笑みが浮かんだのを見て、僕は思わず微笑んでしまう。

……原作を読んでいたなんて、きっと誰でも言いそうだけど……でも、言ってもらっただけでちょっと嬉しいよ。

「それでは、次に殺人課の刑事である黒田修一《くろだしゅういち》役、田崎荘一郎《たざきそういちろう》さん」

立ち上がった彼は、舞台出身の演技派俳優。日本で俳優になる前はブロードウェイの舞台に立っていたこともあるという実力派で、その甘いルックスと演技力で女性に大人気の人だ。

「田崎荘一郎と申します。よろしくお願いいたします」

彼は言って優雅な仕草で頭を下げる。

……格好いい。収録に入ったらちょっとは話せるといいな。

僕はついミーハー心で思ってしまう。

「では、紅井涼一の上司、殺人課の警部補、成田孝三《なりたこうぞう》役に駒形祐輔《こまがたゆうすけ》さん」

「おお、私ですか」

笑いながら立ち上がった駒形祐輔は、時代劇出身の、とんでもない大物俳優。年齢は五十歳くらいだと思うけれど百八十センチ超えの身長と甘いマスクで主婦に大人気で、毎年クリスマスディナーショーの十万円のチケットが瞬殺で売り切れると聞いた。

……さすがに美丈夫という感じ。主婦層に人気が高いのもうなずける。

僕は挨拶をする彼を見ながら思う。

……いや、本当なら原作の成田警部補はもっと疲れたおじさんで、そこがなかなかよかったんだけど。

実は、ほかのキャストは完全にオーディションで選ばれたんだけど、駒形祐輔だけはちょっと違う。彼が所属する芸能事務所、駿河《するが》芸能からやけに強いプッシュがあったみたいなんだ。そして駿河芸能はこのテレビ日本と縁の深い会社で……途中の経緯はわからないけれど、ようするに大人の権力がいろいろと動き、駒形祐輔の機嫌を損ねると大杉さんが面倒なことになるみたい。

……まあ……全国の主婦のみなさんがすごく喜ぶだろうし、演技の上手さではまったく文句なしなので、僕が不満を言うことじゃないんだけど。

駒形祐輔は物慣れた様子で長い挨拶をし、出演者の面々を笑わせている。どうやらムードメイカーでもあるらしいから、感謝しなきゃいけないだろう。

……だけど……。

僕はちょっとだけ悲しい気分になりながら、小さくため息をつく。

……くたびれたおじさんだけど人情味溢れる成田警部補……実はけっこうお気に入りのキャラだったんだけどね。

氷川俊文

「兄さん、待って！　あの男は犯人じゃない！」

「……なんだと？　だが、すべての証拠はあの男を示していて……」

眩《まばゆ》いライトに照らされたセットの中、主役の早瀬マモルと田崎荘一郎が演技をしている。

隣に立った悠一が、とても満足げな顔でそれを見つめている。

テレビドラマの収録は問題なく進み、私と悠一も何度かそれに立ち会った。主役と準主役であるこの二人はまだ若いが、ルックスにも、演技力にも、そしてイメージ的にも文句なしだ。熱烈なファンである私から見ても満足なのだから、ほかの多くのファンもきっと喜んでくれるであろう予感がする。

……しかも……。

以前から思っていたのだが、早瀬マモルは悠一にとてもよく似ている。整った顔立ちだけでなく、引き締まった体型や、やんちゃな雰囲気までも。二人は気があったようでよく撮影の合間にじゃれ合っているが……実の兄弟だと言われても誰も疑わないだろう。

もともと悠一には若いファンが多く、アンケートに「著者近影で見た彼のルックスに惹かれて初めてミステリーの本を手に取った」と書いてくる層も多い。テレビ出演も今まで何度も経験があるが、どれも深夜ばかりでなかなか浸透しなかった。だが……。

……大人気の早瀬マモルと似ている、美青年ミステリー作家。今後それが浸透すれば、作家である悠一の人気も、爆発的に上がりそうだ。

私は一人の営業として分析し……しかし個人的にはとても複雑な気分であることに気づく。

……担当している作家の人気が上がる。営業にとって、これ以上の喜びはないはずで。なのに……どうしてこんな気分になるのだろう？

「はい、カット！」

大杉さんの声が響き、現場がホッとした空気に包まれる。モニターを前にしたカットの確認があり、悠一も出演者やスタッフと並んで画面に見入っている。大杉さんが満足げな顔で、

「いかがですか、紅井先生？」

悠一はモニターから目を上げ、頬を紅潮させながら答える。

「二人ともすっごく格好いいです。心情もよく表れてるし、僕的にはイメージぴったり」

「本当ですか？」

「それは嬉しいなあ」

早瀬マモルと田崎荘一郎が言い、大杉さんに視線を移す。大杉さんは、

「もちろんオッケー。……二人ともお疲れ様！　三十分の休憩にします！」

「やった、オッケー！」

「よかったね、お疲れ！」

すっかり仲良くなっている様子の早瀬マモルと悠一が、両手を高い位置で合わせてハイタッチをしている。私は微笑ましく思いながら悠一の煌くような笑顔に見とれ、それから予定よりも撮影が押していることに気づく。

「紅井先生、会社に電話を入れてきます。何か買ってくるものはありませんか？」

私は悠一に声をかける。楽しげだった彼の顔が、私を見た途端にどこか苦しげになる。

「あ、うん、大丈夫」

沈んだ声に、私の心が激しく痛む。彼は唇の端に無理やりのように笑みを浮かべて、

「ここで、早瀬くん達とお茶してるから」

悠一はスタジオの隅に用意されたホットコーヒーの入った大きなポットを示す。その脇には省林社からの差し入れであるプチケーキや軽食が並び、俳優やスタッフが楽しげに摘《つま》んでいる。そろそろ夕食の時間なので彼が空腹でないか心配だったのだが、あと少しはこれで持つだろう。

「では、行って来ます」

私は言い、悠一がうなずいたのを確認してスタジオを出る。防音ドアの向こうの廊下には

楽屋のドアが続き、ベンチがところどころに置かれている。私は歩きながら切ってあった携帯電話の電源をオンにし、短縮ナンバーを押して営業部に電話をかける。

『はい、省林社第一営業部』

電話の向こうから聞こえてきたのは、営業部の部長、北河《きたがわ》さんの声だ。

「お疲れ様です、氷川です」

『おお、お疲れさん。撮影はどうだ？』

「そちらは順調ですが……何か問題は起きていませんか？」

私が言うと、北河部長は可笑しそうに笑って、

『心配するな。おまえがいない分、ほかの部員が働いている。……紅井先生のドラマは省林社にとっても一大プロジェクトだ。集中していいぞ。ああ、急ぎのメールは携帯に転送しておく』

「ありがとうございます。お願いします」

私は言って細かい連絡事項を確認し、そして電話を切る。さらにメールソフトを起動し、届いていたメールをチェックする。そのまま歩きながらメールチェックをしていたせいで、気が付くと私は廊下の一番突き当たり、大道具の倉庫の前に立っていた。そこには扉がなく、だだっ広い空間にたくさんのセットや小道具が無造作に積まれている。向こう側の壁が一面の大きなシャッターになっているところを見ると、倉庫の外には搬出用のトラックを横付け

できるようになっているのだろう。

携帯電話のフリップを閉じ、上着のポケットに入れようとしていた私は、倉庫の暗がりから誰かがぼそぼそと話している声が聞こえることに気づく。盗み聞きをする趣味のない私は、踵を返してスタジオに戻ろうとするが……。

「……ユウイチを、なんとかモノにできないだろうか？」

いきなり聞こえてきた名前に、私はギクリとして立ち止まる。その声には聞き覚えがある気がするが、ひそめているせいでどうしても思い当たらない。

……ユウイチ？　まさか紅井悠一のことか？

「……いくら可愛いとはいえ、相手は……ですからね。問題が起きたとしたら面倒ですよ」

「……そんなことはわかっている。だが何から何まで好みなんだ。どうにかできないかな？」

「……いやあ、なかなか難しいですが……」

微かに聞こえてくる声に私は不吉な予感を覚えるが……まさか、と思いなおす。

テレビ局の中で名前が出るとしたら、それはきっと俳優かミュージシャンのことだろう。たまに収録に出入りする原作者の話を、わざわざするわけがない。きっと新進俳優か誰かをテレビ番組にスカウトする話でもしているのだろう。

……私は、本当にどうかしている。

私は思いながら踵を返し、深いため息をつく。

……彼にとって、あの夜のことはただの少し変わった趣向のマスターベーションだったのだろう。しかも私は、彼が結ばれることのできない禁断の恋の相手の、身代わり程度にしか思われていない。

忘れなくてはいけないと思うのに、私の脳裏には愛撫した時の彼の痴態や、甘い喘ぎが鮮やかに蘇《よみがえ》ってしまう。熱いため息、速い呼吸、そして私の手をたっぷりと濡らした……。

私は立ち止まり、砕け散りそうなほどの心の痛みを覚えながら、深いため息をつく。

……どうしても忘れられない。私は、最低の男だ。

◆

「うん、凛々《りり》しくてすごくいい感じです。僕的にはオッケーじゃないかと思うんですが」

悠一が楽しげに言い、プロデューサーの大杉さんがうなずく。

「たしかにいいですね。では、このシーンはオッケー」

「やった！　本日の長台詞《ながぜりふ》コンプリート！」

早瀬マモルが嬉しそうに笑い、悠一とハイタッチをしている。二人はルックスがよく似ているだけでなく性格も似ていたようで、すっかり意気投合したらしい。休憩時間もよく二人でじゃれ合っていて、私は見ているだけで……なぜか胸が熱く痛むのを感じる。

……私は本当にバカだ。嫉妬《しっと》できるような立場ではないことは解っているのに。

「おかげさまでいいシーンが撮れた。あと、今日の予定は……」

大杉さんが言いながら、壁の時計を見上げる。

「……刑事部屋での打ち合わせのシーンだけで、終わるはずだったんだけど……」

今の時刻は夜十時。本当なら一時間ほど前に駒形祐輔がテレビ局入りし、三十分前にはメイクを済ませてスタジオに現れるはずだった。だが駒形祐輔がテレビ局に入ったと連絡が入ったのが三十分前。時代劇の名残なのかヘアメイクにやけに時間をかける男なので、まだスタジオには現れていない。

刑事部屋のセットの準備は終わり、ほかの刑事役の俳優達はすでにスタンバイしてセットの中にいる。今日の撮影は駒形演じる成田警部補が紅井悠一に電話をかけるシーン、そして捜査会議で刑事達が言い合いをするシーンだけなので、始めればすぐに終わるはずだ。だが……駒形がいなければ撮影は始められない。

「また駒形さん待ちかあ」

悠一の隣に立った田崎荘一郎が、ため息混じりに呟く。悠一の兄に似た雰囲気の長身の俳優で、悠一がもともと彼のファンだったと聞いた時にはやはり嫉妬に似た感情を覚えてしまった。だが話してみるとハンサムな顔に似合わず熱血な男で、悠一の原作を本当によく読み込んでくれている。小劇場出身の苦労人だと聞いたが、そのせいか基礎力のしっかりしたとてもいい演技をしてくれる。演技経験のあまりない早瀬マモルが主役に相応《ふさわ》しい堂々とした演技をしてくれているのは、田崎荘一郎の影響が大きいだろう。さらに悠一が気さくにどんな質問にでも答え、きちんとイメージを補足してくれることも、出演者がリラックスして役に入り込める要因になっているだろう。

……この番組は、とてもいいものになるはずだ。だが……。

私が思った時、スタジオの防音ドアが大きく開かれ、賑やかな一団が入ってきた。時代劇俳優の駒形祐輔が、マネージャーや付き人を引き連れてやっと到着したのだ。恰幅のいい駒形が着ているのは、てらてらと光る銀鼠《ぎんねず》色のスーツ。淡いレモンイエローのワイシャツに、黄色を主体にしたネクタイ。原作の成田警部補は絶対に着ないような服装と言える。

私は思わず眉をひそめてしまうが、悠一はちらりと彼に目をやり、すぐに目をそらす。彼の表情が苦しげだったことに気づいて、私は胸が痛むのを感じる。

最初の衣装合わせの時、彼はスタイリストが用意した地味なスーツをすべて拒否し、衣装は自分で用意すると主張し、最初の撮影から派手なスーツとネクタイを着用し続けた。原作と脚本を読み込んでいるスタッフは揃って愕然とした顔をし、大杉プロデューサーは苦い顔で「キャラクターと合っていないのでは？」と悠一に囁いた。だが、悠一は、「それでけっこうです。原作とは別の新しいキャラクターということで」とにこやかに言って拒絶しなかった。それでスタジオに流れていた殺伐とした空気が解れ、駒形は上機嫌になったのだが……私は悠一が拳を堅く握り締めているのを見逃さなかった。私は思いきって悠一に声をかけ、本当にそれでいいのか、原作者なら拒絶することができる、と言ったのだが、彼はかぶりを振って、「出版とテレビは別世界だ。こんなこともあるでしょ」と小さく呟いただけだった。テレビ局との兼ね合いで駒形を使うことになり、それを拒絶すれば大杉さんの立場が面倒なことになるということを、きっと理解していたのだろう。

「駒形先生、こちらに！」

「お茶をお持ちしましょうか？　それともスポーツドリンクを？」

「暑くありませんか？」

スタジオの隅に、黒いディレクターズチェアが広げられる。それは、背もたれの布の後ろ側に白で『駒形』と印刷されている彼専用のもの。数日前の撮影で間違えて座ろうとした俳優が怒鳴りつけられているのを見かけて、とても嫌な気分になった。

大杉プロデューサーを初めとするスタッフ、それに俳優達が次々に駒形に挨拶に向かう。

駒形は適当にいなし、それから少し離れた場所に立つ悠一に目をやる。

「おお、紅井先生。今夜もご見学ですか？」

駒形が言い、わざわざ挨拶するべきなのか迷っていた様子の悠一が、彼のそばに向かう。

「こんばんは、駒形先生。あなたの出演シーンがあるので、見学しに来てしまいました」

にっこり笑ってそつなく言うが……実は悠一は、駒形の撮影シーンのない日でも、時間がある限り撮影を見学に来ている。気さくな彼のリップサービスだろうが、駒形は相好を崩して一気に上機嫌になる。

しかし、またもや悠一の拳が堅く握り締められていることに私は気づく。これは彼が怒りをこらえている時の癖。彼のせいで撮影が遅れ、しかしスタッフへの詫《わ》びの言葉が一言もないことに、きっと腹を立てているのだろう。

「あははは、そうですか。本当に向上心のある作家さんだ。自分で言うのもナンですが、私の演技は近くで見ておいて損はありませんよ。なんたって太秦《うずまさ》では……」

駒形が上機嫌で話し始め、取り囲んだ太鼓持ち達が合いの手を入れる。悠一は顔に笑みを張り付かせたまま、その様子を見守っている。駒形は麗しい悠一のことをことさら気に入っているようで、彼が撮影現場にいるだけで上機嫌になる。そして上機嫌になって話し始めると、とても長くなる。あと十分は撮影を待たされることになるだろう。セットの中にいる俳優達は、あくびをかみ殺すのに必死のようだ。

「この現場ではいつも上機嫌なんだが……」

いつの間にか隣に来ていた大杉さんが、ため息混じりに囁いてくる。

「ほかの現場では、もう手に負えない。スポンサーにどうしてもとねじ込まれたが……ギャランティーも吹っかけてくるし、うちの局で使うのは今後は控えようかと思っている。紅井先生がいてくれて助かった。ご本人には申し訳ないが……」

「そうですね」

私は悠一が相手をしながらも目を泳がせていることに気づいて、もう我慢できずに近づく。

「失礼します、紅井先生。〆切もありますので、今夜はあと少しで失礼しましょう。なので残念ながら駒形先生の演技を拝見する時間が……」

私が言うと、上機嫌だった駒形が慌てたように立ち上がる。

「すぐに撮影に入ろう！　紅井先生、あと少しは大丈夫でしょう？」

悠一に向かって叫んで、セットに入っていく。

「それでは撮影を再開しましょう！」

大杉さんがホッとした声で叫び、スタッフやキャストが動き始める。悠一は小さくため息をつき、それから私を見上げてくる。

「……ありがとう。助かった。どうしようかと思った」

彼の唇の端にチラリと笑みが浮かび……そしてすぐに消える。彼は私の存在など忘れたかのように表情を消してセットに目をやる。私は彼のすぐ隣にいるにもかかわらず凍りつきそうなほどの孤独を感じる。

……ああ、彼ともっといい関係が築けていたとしたら、さぞ素晴らしかっただろうに。

紅井悠一

「あと二回で収録も終わりかぁ」

僕はシンハービールを一口飲み、それからため息をつく。

「ドラマの放映は五回。撮影は二週間。なんだかあっという間だった気がする」

六本木、テレビ日本のすぐそばにあるタイ料理店。芸能人のお客さんも多いここでは、むやみに声をかけたりするのはご法度。だから僕らも気軽に食事ができる。

「たしかにな。でもこれって撮影が楽しかった証拠だよ」

特注の劇辛トムヤムクンを食べながら、田崎荘一郎さんが言う。兄さんにすごく似てる優雅なルックスの彼だけど、辛いものに目がなくて、かなりキケンなものにも挑戦するチャレンジャー。もともとは小劇場の俳優からスタートしているせいか、実は気さくでどっちかっていうとアニキって感じ。僕のお気に入りのこの店を紹介したら、すごく気に入ってしまって、撮影中に何度も食事に来ることになった。

「田崎さん、いつも不思議なんだけど……そんなに辛いの食べて、次の日喉《のど》は大丈夫？」

マンゴーのジュースを飲みながら、早瀬マモルくんが言う。彼は小学生の頃にアイドルグループの一員としてデビューしているうえに、目が大きくて派手な顔立ちをしてる。だからチャラいんじゃないかと思われがちだけど（っていうか会うまで僕もそう思ってた）、実はすごい読書家で、本格ミステリーから僕みたいな大衆向けの作品まで網羅してる。アイドル業が忙しくて大学を受験できなかったのがずっと心残りだったみたいで、仕事をしながらこっそり猛勉強をしている。来年、僕も卒業した東峰大学を受験するらしい。

「俺の喉はそんなにやわじゃないよ。小劇場で演《や》ってる頃から、近所の店で辛いもの食べまくり。それで喉を鍛えたとも言える」

田崎さんが自信満々に言い、早瀬くんが情けない顔になる。

「オレなんか喉弱くて、撮影とかコンサートの前は加湿器が欠かせないんすよ。めちゃくちゃうらやましい～」

「田崎さんも早瀬くんも、喉を使うお仕事だもんね。体調管理、大変そう」

僕が言うと、二人は可笑しそうに笑って口々に言う。

「他人事みたいに。体調管理が大変なのは作家も同じじゃないのか？」

「っていうか、創作しながら無理しないように調整するんでしょ？　そっちの方が大変そう」

ドラマの撮影で出会った僕らはやけに気があってしまって、撮影後にはしょっちゅう一緒に食事をするようになってた。たいがい撮影スタッフやマネージャーが一緒だけど、この三人は必ずいるっていう感じ。今夜はみんな忙しかったから初めて三人になった。氷川に言ったらちょっと心配そうにしたけれど、早瀬くんのマネージャーさんが取ってくれた個室だって言ったらうなずいてくれた。

……本当は、もっと心配してくれてもよかったのに。

「そういや、氷川さん、飲み会に来たことないね。まあ、渋い感じだから興味ないかな？」

田崎さんの言葉に、僕はギクリとする。早瀬くんが、

「彼、すごいハンサムだよね。声もすごい美声だし。俳優になればいいのに」

うっとりした顔で、両手を組みながら言う。

「オレ、絶対追っかけちゃう。めちゃくちゃ好みだし。今度会ったらせまっちゃおうかな？」

「いや、それはダメ……っ」

僕は思わず言ってしまい、二人が可笑しそうに笑ったことに気づいて一人で赤くなる。

「……あ、いや、別にいいけど……」

「なにそれ？　独占欲？　可愛いなあ」

「嘘、嘘。せまったりしないから安心して」

早瀬くんが手を伸ばして僕の髪をくしゃくしゃにする。それから、

「でも、最近彼、ちょっと顔が暗くない？　出版社の営業さんって忙しいの？」

その言葉に、僕はギクリとする。

「彼、帰り際に何か言いたそうだったけど。無視してきちゃってよかったの？」

心配そうに言われた田崎さんの言葉に、僕の胸が強く痛む。

「いや……どうせ彼は仕事があるでしょ。僕のお守りばかりさせたらかわいそうだ」

氷川はもともと無表情な男だけど、僕とあんなことになる前は、優しい目で僕を見ていてくれた。だけど……。

「まあ、〆切を破る作家とかいたら、スケジュールが狂いそうだしねえ」

田崎さんは言って、僕の顔をチラリと見る。

「紅井先生は大丈夫？」

「え？　あ……あんまり大丈夫じゃない」

氷川と仲良くしてる時、僕はめちゃくちゃ筆が進んで怖いくらいだった。だけど最近はコンピュータの前に座っていてもどうしても呆然とするばかりで全然書けない。最初はいつもみたいに僕を苛《いじ》めてた高柳副編集長までが、最近ではだんだん本気で心配するようになった。

こんなんじゃダメだって解ってはいるんだけど……どうしていいのか解らない。

「いや、でも、作家業なんてそんなもんです。書けない時は書けない。そんな時は気分転換にパーッと遊ぶしかない！」

僕はビールの缶を持ち上げて言う。

「乾杯しましょう？　ドラマの視聴率がめちゃくちゃ上がることを祈って！」

「それって、さっきもやっただろ？　今度は……じゃあ紅井先生の新作が無事に完成することを祈って、乾杯！」

田崎さんが笑いながら言い、僕らは缶をぶつけ合わせる。

……でも……僕、本当にどうしちゃったんだろう……？

「そういえばさぁ」

ジュースを一気飲みした早瀬くんが、ちょっと心配そうに声を落とす。

「ちょっとヤバイ噂を耳にしたんだけど」

「ヤバイ噂？」

僕が思わず身を乗り出してしまうと、田崎さんが苦笑して、

「まあ……芸能界にはヤバイ噂と言われるものが蔓延《まんえん》してる。あんまり頭から信じないほうがいいよ？」

「それはそうなんだけど～」

早瀬くんが口を尖《とが》らせ、それから言う。

「まあ、一応こんな噂もあるからって、参考程度に聞いておいて」

「わかった。参考程度に聞いておくよ」

田崎さんの言葉に早瀬くんはまた口を尖らせ、それからさらに声を落として、

「駒形センセーのことなんだけど」

駒形センセーというのは、時代劇俳優の駒形祐輔さんのこと。撮影の時にはマネージャーだけでなくお付きの人が何人もついてきて、いちいち「駒形先生、駒形先生」と呼んでちやほやするので、僕らの間では彼はいつの間にか『駒形センセー』と呼ばれるようになった。有名な人だし、演技もすごいとは思うんだけど、台本を勝手に変えようとするし、演技に時代劇風の大仰な癖があるから、彼が演じている老刑事は原作とはかけ離れたキャラクターになっている。まあ、最初から全然イメージ違うし、彼は原作を読んでくれてもいないだろう。だからもう、別のキャラクターだと思って、何も言わないことにしてるけど。

「なんか、ほかの現場で言いふらしてるらしい。うちの事務所の先輩が聞いたらしいんだけど」

「何を？　まさかドラマの内容？」

僕が慌てて言うと、彼はかぶりを振って、

「それは大丈夫だけど……そうじゃなくて、『作家の紅井悠一は自分の大ファン』だって」

僕はその言葉にため息をつく。

「それくらい、別にいいよ。彼のご機嫌を取るためにいろいろ言ってるから、鵜呑《うの》みにしただけでしょう。っていうか、この現場に入るまで、けっこう好きだったんだけど。『殿様江

戸日記』とか『お忍び将軍』とか」

「ああ～、CSの時代劇チャンネルで再放送してるよね。たしかにあの頃の駒形祐輔はすごかったよなあ。格好よかったし、迫力あったし」

早瀬くんが言い、田崎さんがうなずく。

「まあ、彼が太秦で活躍していたのは、もう二十年も前。今は当時の後援会のツテを辿《たど》って仕事をもらっている状態みたいだ。今はギャラばっかり高くて視聴率が取れないって各テレビ局が敬遠してて……ああ……コホン……」

田崎さんは言いかけて、咳《せき》払いをする。

「ともかく。ああいう人を見てると、役者を続けるって本当に大変なんだなあ、と思うよ。あんなふうにならないように頑張らなくちゃ。……いや、失礼かもしれないけど」

「僕らアイドルも、レッスンとかで忙しくて意外に大変なんだけど……役者さんの場合は、さらに上下関係とか厳しそうで気を使うよね。紅井先生もよく相手してる、偉い」

早瀬くんが拍手してくれ、僕はため息をつく。

「このドラマ、省林社がかなりの力を入れてる企画なんだよね。宣伝もすごいし、サイン会とかプレゼントフェアとかもすごかった。……ってことは逆に言えば、ここまでしてコケたらその作品はもうダメってこと。僕の作家生命じたいがかかってる感じなんだよね」

「うわ、そうなんだ？　作家さんも大変なんだね」

早瀬くんが驚いたような顔で言う。田崎さんが心配そうな顔になって、

「とはいえ、あまり無理をしないほうがいい。駒形さんにはゲイの噂もある。気をつけて」

……ああ、やっぱり作家も大変だ……。

◆

……今日で、ついにクランクアップか……。

僕は、スタジオの隅で撮影を見学しながら思う。

僕は小さくため息をついて、スタジオの端にひっそりと立っている氷川に目をやる。彼は毎朝車で僕を迎えに来て、六本木のスタジオまで僕を連れてくる。そしてボディーガードみたいに付き添っているけれど……必要以上に近づいてはこない。

……僕のことが、そんなに嫌なんだろうか？

僕の心が、またズキリと痛む。彼に拒絶されたあの朝から、僕の心には鋭い矢のようなものが突き刺さったまま。彼とのことは忘れなきゃと思うのに、その傷が痛んでどうしても忘れることができない。彼の顔を見るのはすごくつらい。それに忙しい彼が週に何度もスタジオに足を運ぶのは迷惑だろうって解ってる。高柳副編集長からは「藤巻の顔が見たければ、交替させます」と言われてるし、藤巻からも「撮影が見たいです」とさんざん言われてる。

……でも……。

だけど僕は、高柳副編集長に「もう氷川を来させないで欲しい」と言うことができない。「藤巻くんには単行本の作業を頼みたい。氷川さんがいてくれるから」と言って、氷川が付き添わないといけないようにしてる。

……だって……。

僕は少し離れた場所に立つ彼の横顔をチラリとうかがう。

……もしもそんなことをしたら、きっと彼とは二度と会えなくなる。

思っただけで、心が血を流しているかのように、またズキリと痛む。

……僕は、本当にワガママで嫌な人間だ。

彼のあたたかい手の感触や、優しい眼差《まなざ》しや、獰猛なキスがどうしても忘れられない。彼が僕に冷たくしているのは、嫌いになったからじゃなくて、何かの誤解が原因。それさえ解ければもう一度彼と心を通じ合わせることができる……そんな根拠のない希望を捨てられないんだ。

……でも……。

彼と出会ったのは、考えてみれば本当に最近。だけど僕は、彼に一気にのめりこんでしまった気がする。だから、僕はこれ以上彼に拒絶されることが恐ろしくて仕方がない。何かの誤解があるとしても……それを確かめるために腹を割って話す、それがどうしてもできない。

……テレビの取材は早めに終わっているし、サイン会もひと段落した。あるとしても次の新刊が出てからだ。そして今日でドラマがクランクアップすれば、あとは紙面インタビューがいくつか残っているだけ。それはファックスかメールで終わると言われているから……明日の撮影が終われば、もう氷川と会う機会はなくなると思っていいだろう。

……もしも話すとしたら、今夜か、明日……。

僕は、氷川の横顔を見ながら思う。彼は本当に美しい男で、こんなふうに表情を引き締めているととても近寄りがたく見える。あの夜、優しい目で僕を見てくれたのと同じ人間とはとても思えない。

……今までの僕なら、当たって砕けろ、と思いながら行動できたはずなのに。

この間までの僕は、何も怖くなかった。自分には溢れる才能があると思っていたし、ギリギリまで〆切を引き伸ばしたのも、自分ならなんとかできると思っていたせい。高柳副編集長達とのやり取りも、作品をよくするためのスパイスになっていた。

……だけど今の僕には……。

僕は氷川の横顔から目をそらしながら、小さくため息。

……今の僕には、戦う気力すらない。きっと、作品のパワーも落ちているはずだ。今の自分がどんなに弱くなっているか、自分でひしひしと感じる。

……なんとかしなきゃいけない。だけど今の僕には、彼ときちんと向き合う勇気がない。

「……失礼します、紅井先生」

いきなり耳元で囁かれて、僕は驚いて振り返る。そこに立っていたのはＡＤの……たしか吉田《よしだ》さん。

「はい、なんでしょうか？」

「クライマックスシーンで使う大道具で、ちょっと急ぎでチェックをしていただきたいものがあるのですが……」

「え？　ああ……」

僕は撮影の進むセットを振り返る。今は、早瀬くん演じる紅井悠一と、彼が住んでいる下宿のオバちゃん達が話しているシーンを撮っている。この後でエキストラが入るシーンがあるはずだから、あと三、四十分くらいはこのシーンが続きそうだ。いろいろ問題がある駒形の出るシーンはさっきすべて撮り終わったから、その点は問題ない。主婦役のベテラン役者さん達はすごく芸が達者で、面白いアドリブを入れてはスタッフを笑わせている。チェックはこのセットでのシーンがすべて終わってからだろうから、しばらく僕が出る幕はなさそうだ。

「わかりました。このシーンの撮りが終わったら……」

「照明を直しますので、五分だけ休憩します！」

大杉プロデューサーの声が響き、スタジオ内がホッとした空気に包まれる。オバちゃん達は美形の氷川に興味津々だったらしくて、休憩に入ったとたんに彼を取り囲んで質問責めにしている。僕は一言かけるのを諦め、吉田さんと一緒にそのままスタジオを出る。

「大道具部屋ってどこでしたっけ？」

「こちらです。どうぞ」

吉田さんは先に立って歩き、スタジオが並ぶ廊下をどんどん進んでいく。撮影していたスタジオの周辺にはスタッフが行き来したりエキストラの人達が談笑していたりして賑やかだったけど……廊下の奥に進むに連れて人影もなくなり、照明まで薄暗くなってくるみたい。両側に大道具の倉庫が並ぶあたりに来ると、もうまったく人の気配がなくなる。すぐそばで撮影が行われ、外に出れば賑やかな六本木の喧騒があるなんて、とても信じられない。廊下に、二人の足音だけが響いている。

「テレビ局って……中に入ってみるとものすごく広いですよね」

僕はちょっと気味悪くなりながら、周囲を見渡す。

「怪談とかたくさんあるの、ちょっとわかります」

「ええ、この倉庫にもたくさん怪談がありますよ。……たとえば」

吉田さんの言葉に、僕は本気で震え上がる。

「いいです！　ここでそれは聞きたくないです！」

「あはは、そうですか」

彼は言いながら、廊下の突き当たりにある大きな金属製ドアを横にスライドさせる。中は倉庫というよりはホールみたいに広い場所。電気が消されているせいでほとんど真っ暗で、小さく灯《とも》った非常灯の明かりと、廊下からの光だけが、積み上げられたセットを薄ぼんやりと照らしている。まるで誰かの家みたいなリアルな茶の間の隣に、戦争物に使いそうなボロボロの大道具。その間に通販番組に使うのか、リアルなマネキンが並んでいたりして……ものすごく怖い。

「うわ。なんだかすごい。吉田さん、怖くないんですか？」

「もう慣れましたよ」

吉田さんは言って、僕を先に中に入れてくれる。

「もしもお化けが出るのだとしても……やっぱり一番怖いのは人間の欲ですしね」

言いながら、後ろで引き戸をゆっくりと閉める音がする。廊下からの光が遮られて部屋がますます暗くなり、僕は慌ててしまいながら、

「待って、吉田さん。先に部屋の照明を点《つ》けないと真っ暗に……」

僕が言いかけた時、引き戸がぴたりと閉じられた。廊下の光に目が慣れている僕は、一瞬何も見えなくなり……。

「吉田さん！　けっこう怖いんで、早く明かりを……」

僕は言いかけ……そして、ガシャン、という大きな金属音に飛び上がる。それはまるで扉

の外側から鍵が閉められたかのような……？

「吉田さん？」

僕は慌てて周囲を見渡し……吉田さんの姿がないことに気づいて本気で青ざめる。

……嘘だろ……？

僕は扉に駆け寄り、取っ手を慌てて横に引くけれど……ガシャン、という音を立てて扉は止まってしまう。やっぱり鍵がかけられてしまったらしい。

「吉田さん！　ふざけてるつもりかもしれないけど、これって洒落にならないですよ！」

僕は、必死になって拳で扉を叩《たた》きながら叫ぶ。

「開けてください！　吉田さん！　吉田さん！」

「そんなに慌てて。もしかして暗がりが怖いのかな？」

いきなり背後から聞こえてきた声に、僕は驚きのあまり本気で失神しそうになる。

「な……っ」

僕は慌てて振り返り、そこに見覚えのある男性が二人立っていることに気づく。

「……うわ……本気で驚きました……」

僕は胸を手のひらで押さえ、震えるため息をつく。そこに立っていたのはあの時代劇俳優の駒形祐輔と、そのマネージャーの小原《おはら》さんだった。いつもは虫の好かない二人だけど、生きている人間がいてくれたことに、僕は本気でホッとする。

「よかったぁ。駒形さん、もう撮影終わったから今日はいらっしゃらないかと思いました。でも、どうしてこんな暗いところに？　早く電気を点けないと。あと吉田さんがふざけて鍵を閉めたみたいなんで、スタジオにいる誰かに電話をして……」

僕が言った時、いきなりマネージャーの小原さんが動いた。後ろから羽交い締めにされて、僕はものすごく驚いてしまう。

「な……なんなんですか……？」

非常灯の光に照らされた駒形の顔に、ふいに楽しげな笑みが浮かぶ。

「吉田くんは私に協力してくれただけなんだよ。今は扉の外側で見張りをしてくれているはず。先生はゆっくり私と楽しみましょうよ」

「えっ？」

駒形の両手が伸びて、ふいに僕のシャツの襟元を掴む。

「ずっと私を誘惑していたでしょう？　私には、あなたの気持ちが手に取るようにわかりましたよ」

いきなり力を入れてシャツの布地を両側に開かれ、ボタンが音を立てて弾《はじ》け飛ぶ。

「うわっ」

「撮影が終わったら、なかなか会う機会もなくなってしまうかもしれない。とりあえず、既成事実だけでも作っておきませんか？　そうすれば……」

彼が僕に顔を近づけ、僕の耳をゆっくりと舐《な》め上げる。

「……先生の次回作にも、喜んで出演させていただきますよ？」

いやらしい囁き。僕の全身に、嫌悪の震えが走る。氷川に触れられた時にはあんなに快感だったのに……ほかの男に触れられると、それだけでこんなに……。

「嫌だ！　氷川さん！　氷川さん！」

力の限り叫ぶけれど……遠く離れたスタジオにいる氷川に、聞こえるわけがなくて……。

氷川俊文

ドラマは、今日でクランクアップ。そこに繋がる重要なシーンの収録がもうすぐ始まる。

……なのに……。

私は悠一の姿が見えないことに気づき、彼を探している。五分間の休憩の後、気づいたら彼は姿を消していた。トイレにでも行っている間に休憩が終わり、廊下で待っているのだろうと思っていたが、次の休憩の時に探しても、彼の姿はどこにもなく……。

……彼が、重要なシーンを見ずに帰るわけがない。いったい、どうしたんだ？

私は廊下を歩き……ふと、以前倉庫で聞いた声を思い出す。

……あのユウイチというのが、悠一のことだったとしたら……？

私は不吉な予感を覚え、廊下の突き当たりの倉庫に向かって全速で走った。そして倉庫の扉の前に、見覚えのあるＡＤが立っていることに気づく。彼の名前は、たしか吉田。どんなに注意してもギャンブルの癖が直らずに借金がかさみ、もうすぐテレビ局をクビになるかもしれない、と大杉さんが嘆いていたのを思い出す。

「吉田さん、こんなところでどうかしましたか？」

私が言うと、彼は私から目をそらし、

「いえ、大道具のチェック作業中ですので、部外者が入らないように見張りを……」

私は目を落とし、扉の鍵が外側から閉められていることに気づく。

「では、なぜ鍵がかけられているのですか？　中で、いったい何を……」

言いかけた時、扉の隙間から誰かの声が聞こえた気がした。

「紅井先生？」

私が中に呼びかけると、誰かが答えた気がする。

「まさか、この中に……」

私が睨むと、吉田はひるんだように後ずさりをし、

「いや、俺は関係ない！　あの男が金をくれるっていうから……！」

叫んで転びそうになりながら走り去る。私はドアの鍵を開け、扉を思い切り開いて……。

「やめてください！」

その途端、聞こえてきた声に、私はギクリとする。それは確かに悠一の声で……？

「紅井先生！」

倉庫の入り口で叫ぶと、大道具が積まれている向こう側から、

「氷川さん！」

私はその声の方に向かい、そして大道具のベッドの上で駒形祐輔に押し倒されている悠一を見つけてその場に立ちすくむ。悠一のシャツは破られ、そこから白い肌が覗いている。駒形の手が悠一の肌に触れている。彼の両手を押さえているのは、駒形のマネージャー。あの密談をしていたのがこの二人であることを私は確信する。

「紅井先生に触れるな！」

私は駆け寄り、気づいた時には渾身《こんしん》の力で駒形を殴っていた。

「ぐおっ！」

駒形の身体が吹き飛び、ベッドから転げ落ちる。マネージャーが彼の身体を起き上がらせながら、私をキッと睨む。

「こんなことをして、ただで済むと思うなよ！」

二人は逃げるようにして倉庫を後にする。

……私はきっと出版社をクビになるだろうが、後悔はない。だが、ドラマは……？

紅井悠一

「吉田さんに大道具倉庫に呼び出され……そのまま外側から鍵をかけられました」

僕はホワイトボードの前に置かれた椅子に座り、コの字に置かれたテーブルと椅子に座った二十人ほどの人を前に状況を説明している。

倉庫で駒形に襲われた日から三日後の夜。僕はテレビ日本の会議室にいた。

撮影はあのまま順調に終わり、本当ならすぐに編集作業に入るはずだった。なのにあんな事件があったから、作業はすべてストップされている。

蛍光灯に照らされた明るい室内にいると、あの日の怖い状況がまるで夢だったかに思える。それに、こうやって取り囲まれて疑いの混ざった目で見つめられるのは、裁判にかけられる容疑者になった気分。血の気が引いてくる。

会議室には、駒形祐輔の所属する芸能事務所、省林社、そしてテレビ日本のスタッフが集まっている。省林社からは高柳副編集長だけでなく、営業部長や社長までが呼び出された。芸能事務所の社長や取締役達は、揃ってまるでヤの付く職業の人みたいにすごい迫力で……

睨みつけられるだけで萎縮《いしゅく》しそう。彼らは駒形への暴行罪で氷川を訴えると言い、省林社側は僕への暴行罪で駒形を訴えると言っている。そのために僕は状況説明をしているんだけど……二人がかりで襲われかけたという怖さがまだ抜けないし、何よりも自分のせいで氷川がこんなことになってしまったという衝撃で、頭が混乱して言葉がうまく出ない。

……ああ、落ち着いて、話さなくちゃいけないのに……！

「倉庫は明かりが消されていて、非常灯の光だけしかないほとんど真っ暗な状態で……すごく怖くて、出してくれって叫んで扉を叩いたんだけど、吉田さんは開けてくれなくて……」

「あそこのドアは分厚いので、そんな声は聞こえませんでしたよ。鍵をかけたつもりはないし、明かりもついていたんじゃないのかなあ？」

ADの吉田が、僕の言葉を遮って言う。彼はさっき駒形の事務所の社長に何かを言われていたんだけど……その様子は初対面とは思えなかった、吉田は、駒形に頼まれて僕をあそこに連れて行ったんだろう。

「明かりは消えてました！　真っ暗な中で、駒形さんのマネージャーに後ろから羽交い締めにされて……！」

僕は思わず言い返すけれど……駒形とマネージャーの表情に気づいて思わず言葉を切る。二人の顔には「どうせおまえの言うことなど誰も信じない」とでも言いたげな勝ち誇ったような笑みが浮かび、それだけでなく駒形は三日前のあの時と同じものすごくいやらしい目で僕の襟元を眺め回していて……。

僕は嫌悪と恐れで血の気が引くのを感じながら、襟元を押さえていた手をグッと握り締める。

……クソ、落ち着け、自分！

僕は自分に言い聞かせ、深呼吸をする。まだ落ち着くことはできないけれど、このまま黙っているわけにもいかない。

「……ええと……羽交い締めにされて、そのまま大道具のベッドまで連れて行かれて……」

「はあ？　真っ暗じゃないんですか？　どうやってベッドまで連れて行けるんですかね？」

芸能事務所の社長が僕の言葉を遮る。

「だから！　暗かったけど真っ暗じゃなくて非常灯の光が……」

僕は必死で言うけれど、駒形と同じようなにやにや笑いを浮かべながらまた言葉を遮る。

「自分で行ったんじゃないんですか？　駒形先生は、あんたに誘われたと言ってますが？」

「……えっ？」

その言葉に、僕は本気で驚いてしまう。恐る恐る視線をやると、駒形はいやらしいにやにや笑いを深くして、

「いやあ、撮影が始まった時から紅井先生には『大ファンです。だからオーディションであなたを選んだんです』と言われていましてねえ。まあ、役者として悪い気はしなかったんで

すが」

気取った仕草で髪をかき上げるその姿に、さらに血の気が引く。

「僕、そんなこと……」

「まあ、どちらにしろ、そちらには証拠はないですよね？　身体に傷でも残りましたか？」

「もしもそんなことをしていたとしたら……」

僕の隣に座っている氷川が、地の底から響くような声で言う。

「……あなたは今頃、一発殴られるどころではありませんでしたよ」

少し驚いて目をやると、彼の目はまるで肉食獣みたいに強い光を放っていた。駒形は小さく息を呑《の》み、バカにしたような笑みを顔から消す。

「……ああ、ともかく……」

駒形は咳払いをして、自分の唇の脇を指差す。かなり強い力で殴られたことを示すように、そこは赤黒い痣《あざ》ができている。

「私の顔には、殴られた時の痣という証拠があります。病院でもらった診断書もある。しかし」

駒形はまた笑みを浮かべて、

「紅井先生には、それを証明するものがありませんね？　証言をしているのは出版社の社員だけだし……もしかして、難癖をつけて金をふんだくるのが目的ですか？　小説家なんて儲《もう》からない商売だろうし。その社員もグルかな？」

「違います！　彼は僕を……」

目の前が白くなるような怒りを覚えながら、僕は思わず椅子から立ち上がる。だけどふいに視界が回って……そのまま膝《ひざ》から力が抜ける。

「……あ……っ」

「紅井先生！」

席を立ってきた氷川が、僕の身体を支えてくれる。

「大丈夫ですか？」

ものすごく心配そうな声に、胸が痛む。僕は彼の胸を押しのけながら言う。

「あ……ごめん、ちょっとクラッとしただけなんだ。大丈夫だから」

彼がとてもつらそうな顔をしたことに気づき、また胸が痛む。

……ああ、やっぱりこんなふうに中途半端な状態でいるのは、すごくつらい。このことがきちんと解決したら、彼と話さないと……。

「紅井先生、ここにいるのはつらいでしょう。それに、ここから先は会社同士の話し合いになります。あなたのような純粋な人はあまり聞かない方がいいかもしれない」

高柳副編集長が立ち上がり、大杉さんに声をかける。

「申し訳ありません。どこか休めるところをお借りできますか」

「わかりました、向かい側に応接室があります。ソファもありますので、よかったらそこでお休みになってください」

大杉さんが言い、高柳副編集長の隣に座っていた藤巻が慌てて立ち上がる。

「紅井先生は、おれが」

彼は言って駆け寄ってきて、まだよろけそうな僕をしっかりと支えてくれる。

「おれ、頼りにならないし、なんの役にも立てなかったけど……おれはまだ、紅井先生の担当編集ですから」

藤巻の言葉に、不覚だけどちょっと胸が熱くなる。

「行きましょう、紅井先生」

藤巻は僕を支えて会議室を出て、向かい側にある小会議室に僕を連れて行く。部屋の隅にあるソファに座るとすぐに顔見知りのＡＤさんが入ってきて、僕に毛布と冷たいミネラルウォーターを用意してくれた。彼が部屋を出て行ってすぐに、僕は藤巻に言う。

「僕は大丈夫。藤巻くんは会議に出て。氷川さんの味方は多いほうがいいよ」

「本当に大丈夫ですか？」

「大丈夫。暖房の効きすぎでちょっとのぼせただけだから」

僕が言うと、藤巻はまだ心配そうな顔で立ち上がる。

「わかりました。でも何かあったら、すぐに携帯で……」

彼は言いかけ、僕の荷物が会議室に置きっぱなしだったことに気づく。

「そしたら、何かあったらこれですぐ呼んでください。短縮の一番に高柳副編集長の番号が入ってますから」

言って、ローテーブルに自分の携帯電話を置いてくれる。

「そんなことしていいの？　彼女へのメールとか見ちゃうよ？」

僕が必死で元気そうな様子を装って言うと、彼は真面目な顔で、

「あなたはそんなことはしません。おれはあなたのこと本気で信頼してますから」

言ってから、ふいにいつもの顔になって、

「あ、先生に向かってすみません。……っていうか、彼女いませんし、メールも着信も、編集部かあなた宛《あて》のものばっかりな気がしますし。……それじゃ」

言ってそのまま踵を返してドアに駆け寄る。

「藤巻くん」

僕は、ドアノブに手をかけた彼に声をかける。不思議そうな顔をした彼に、

「ありがとう。それにいつも苛めてごめん。……本当はけっこう頼りにしてる」

「本当ですか？」

彼は顔を輝かせ、それから、

「それなら、きっちり氷川さんを守ってきます！　行って来ます！」

張り切った様子で言い、部屋から出て行く。僕は閉じたドアを見つめ……それからまた襲ってきた激しい眩暈《めまい》に耐え切れずにソファに上半身を倒す。

……ああ、情けない……。

実は、駒形に襲われた夜から、僕はまったく眠れなくなってしまった。ほんの少しうとうとするだけでいやらしい笑みを浮かべた駒形の顔が浮かんで、すぐに飛び起きてしまう。それだけでなく、食事もほとんどできなくて兄さんを心配させたりしている。だけどその話をしたら氷川が心配して、さらに自分を責めてしまいそうで……。

……氷川のこと、僕はまだこんなに好きなんだ……。

僕は必死で涙をこらえながら思う。

……なのに、こんなふうに迷惑をかけちゃうなんて……。

氷川俊文

駒形の所属する芸能事務所と省林社、そしてテレビ日本との話し合いは、それから一時間ほど続いた。彼の事務所は暴行罪で訴えると激怒し、しかし省林社も「作家を守るのは出版社の役目」と一歩も引かず……結局、駒形のしたことを口外しないことを条件に、私は訴えられずにすんだ。

「さんざんごねたが、弁護士の名前をちらつかせたらあっさり帰った」

高柳が、ため息混じりに言う。

「やっぱり、いろいろと後ろめたいところがあったんだろうな」

芸能事務所のメンバー、そしてテレビ日本の社員達が出て行き、会議室には私と高柳、そして大杉さんだけが残った。悠一の担当の藤巻くんは、会議が終わった途端に部屋を飛び出していったので、今頃は悠一のところだろう。

私は一刻も早く彼のところに走りたい気持ちを抑えながら言う。

「駒形は今までにもいろいろと問題を起こしている。いざとなったらうちのゴシップ誌の記者から得た情報を出そうかと思ったんだが」

その言葉に、高柳が目を丸くしている。

「氷川、クールな顔をして意外に黒いな」

「出版社はそういう時に怖いなぁ。怒らせないようにしよう」

大杉さんが、肩をすくめながら言う。私は、

「大杉さん。ドラマの方は……どうなりますか？」

大杉さんは苦笑を浮かべて言う。

「もちろん放映する。駒形が映っているシーンをすべてカットすることはできないが、あいつの顔は編集で極力カットしてやる」

彼はそれから真剣な顔になり、私の顔を見つめる。

「駒形を使ったのは上からの強いプッシュだった。それに負けた私の責任でもある。……いろいろとすまなかったね」

「いいえ、こちらこそ、すみませんでした」

私は立ち上がり、彼に向かって頭を下げる。

「私は、紅井先生のことになると、冷静ではいられなくなってしまいます。あの時も……」

私は震えるため息をつきながら、

「……彼が押さえつけられているのを見て、我を忘れました」

「当然だ」

高柳が言い、私を真っ直ぐに見つめてくる。

「作家を守るのは出版社の社員の役目。おまえは当然のことをしたまでだ」

彼は言ってから、ふと苦笑し、

「いいから、紅井先生のところに行け。おまえのことを心配してるだろう。……ああ、藤巻は私が連れて帰るから、紅井先生をよろしく」

「わかった。……では、またご連絡します、大杉さん」

私は二人に言い、自分と悠一の荷物を持って会議室を出る。廊下を横切って向かい側の応接室に入る。

「……氷川さん」

ソファに座っていた悠一が、私の顔を見て腰を浮かせる。

「座っていてください。……藤巻くん、先生と話があるんだが」

私が言うと、藤巻はうなずき、慌てて部屋から出て行く。私は悠一に向き直り、深く頭を下げる。

「お役に立てなくて申し訳ありません。男に身体に触れられたなんて、とても嫌だったでしょうし……」

彼がつらそうな顔をしたことに気づいて、私はハッとして言葉を切る。

「ねえ、氷川さんは僕に触られるの、イヤだった？」

思いつめたような顔で聞かれて、私は慌ててかぶりを振る。

「まさか。でも、あなたはきっと……」

心が壊れそうで、その先が続けられない。

「きっと、何？　もしかして、僕が本当に酔ってたと思ってる？」

彼の言葉に、私は驚く。

「それは……」

「あの夜飲んだのは、テキーラたったの三杯だよ？　酒豪が多い出版業界の中でも『ザルを通り越して枠』と言われてる僕が、それしきで酔うわけがないってば」

「では、なぜあんなことを」

「したかったからに決まってるだろ？　僕、あなたのこと好きになっちゃって、そのうち見るだけでエッチな気持ちになるようになって……あの夜はもう、我慢ができなかったんだよ」

彼は言い、私を見つめて泣き笑いのような顔をする。

「わかってる……玉砕覚悟だったから、嫌われても後悔してない」

その言葉に、私はさらに驚く。

「嫌う？　私があなたをですか？」

「そうだよ。だって次の朝から冷たかったじゃん」

「それはあなたが、寝言で『兄さん』などと言うから……！」

私の言葉に、今度は悠一のほうが目を丸くする。

「へ？　あっ、そういえば……」

悠一は何かを思い出したように、

「あの朝、兄さんと喧嘩する夢を見てた。『兄さん、作家を続けさせて』ってすがりついていたみたいな……」

彼は言葉を切り、それから私を見て今度はやけに色っぽい笑みを浮かべる。

「もしかして、僕が本当に兄さんを好きで、あなたを身代わりにしたと思ってた？」

「すみません、非現実的だと思いながらも、つい……」

「で？　ちょっと嫉妬してくれた？」

彼の問いに、私は正直にうなずく。

「はい。おかしくなりそうでした」

「じゃあ、僕のことを本当は好き？」

「はい、今もおかしくなりそうです」

「もう。ホントにたまらない」

悠一は私に言い、立ち上がって抱きついてくる。

「エッチなことして。今度は最後まで」

「後悔しませんか？」

私が聞くと、彼はその唇にとても色っぽい笑みを浮かべる。

「迷ってると、僕の方から襲いかかるよ？」

その笑みに私はすべてを忘れて、キスを奪った。

「そうはさせません」

……ああ、この場で抱いてしまいそうだ。

◆

「……ん、ああ……っ！」

彼の甘い喘ぎが、私のベッドルームの天井に響いている。

私は彼の身につけているすべてのものを剥ぎ取り、そのしなやかな身体をベッドの上に押し倒していた。舌先で乳首をくすぐり、ゆっくりと扱《しご》き上げるだけで、彼の屹立がまた硬く反り返ってくる。

「……ダメ、またイッちゃうよ……っ」

彼の肌は、放たれた白い蜜でたっぷりと濡れている。それを手のひらですくい上げ、両脚の間の蕾《つぼみ》に塗りつけ、その花びらをゆっくりと解す。

「……も……欲しい……」

彼の唇から切羽詰まった声が漏れ、私の最後の理性を吹き飛ばす。

私は彼の両脚を高く持ち上げ、蕩けた蕾に自分の屹立を押し当てる。

「……あ、早く……」

彼の蕾が震え、私の屹立を吸い込んでいく。私はあまりにも甘美な彼の身体に我を忘れ、屹立を一気に押し入れる。

「……ああ……っ」

彼の両足首を肩に抱え上げ、音が出るほど激しくその蕾をむさぼる。

「……あ、ああ……氷川さん……っ」

彼はたまらなげに喘ぎ、私の屹立を甘く締め上げる。

「……愛してるんだ、氷川さん……!」

彼は背中を反り返らせ、反り返った屹立の先からビュクッと激しく蜜を飛ばす。

「私も愛しています、紅井先生」

私は彼を抱き締め、そのまま彼を奪う。甘く締め上げられて私は我を忘れ……そして彼の内壁に、激しく欲望を撃ち込んだ。

そして私達は堅く抱き合い、二人でしか行けない高みに駆け上り……。

紅井悠一

「……ダメ、ダメだよ……」

僕は、彼にすがりつきながら囁く。

柔らかく解された僕の蕾には、彼の逞しい屹立がしっかりと埋め込まれている。あんなにイッたのに、まだ鋼鉄の棒のように堅い彼。それにぎりぎりまで押し広げられ、しかも最奥にたっぷりと欲望の蜜を撃ち込まれて……どうしようもない陶酔が、僕を甘く痺《しび》れさせている。

「何がダメなのですか？」

彼が低い声で囁き、僕の身体をしっかりと抱き締める。彼の身体は本当に逞しく、その肌は熱く滑らかで……こうして触れ合っているだけでおかしくなりそう。

「つらかった？　もう、これ以上はダメですか？」

耳元で囁かれる声は、甘く、深く、僕の脳まで蕩けさせてしまう。

「……違う……」

さっきまでの激しい抽挿を思い出すだけで、身体の奥から欲望が湧き上がる。

「……ここでやめたら、ダメ……」

僕は彼の肩に顔を埋《うず》め、その厚い肌に唇をつける。

「……僕が満足するまで、して……」

囁いてそっと甘《あま》嚙《が》みをすると、彼が小さく呻《うめ》く。僕の奥に埋め込まれた屹立が、ビクッと反応するのが解る。

「なんていけない先生だ」

彼が苦笑して僕の顔を上げさせ、そして僕の唇にそっとキスをする。

「そんなことをしたら、ケダモノになった私にとんでもないことをされてしまいますよ？」

「……ケダモノ、大歓迎」

僕は囁き、彼の唇にキスを返す。

「僕を奪って、貪《むさぼ》って……めちゃくちゃにして」

「……ああ、なんて人だ……」

彼は僕をしっかりと抱き、僕の首筋にきつく歯を立てる。

「……でも、愛しています、本当にたまらない」

「僕も愛してる。……抱かれてるだけで、欲しくて欲しくておかしくなりそう」

そして僕と彼は深いキスを交わし、そのまま二匹のケダモノになってすべてを忘れ、お互いを貪りあって……。

◆

「……やばい、ものすごくいい……！」

編集が終わったばかりの第一回放映分を観終わった僕は、思わず言う。

ここはテレビ日本の中にある試写室。どうやら映画を観るために作られた場所みたいで、赤い絨毯《じゅうたん》とフカフカのソファが本当の映画館みたい。百五十人が収容できるというそこには、この番組への興味の深さを示すように、関係者だけでなくたくさんの人が詰めかけ、立ち見まで出ている。

「……どうだった、氷川さん……？」

僕が囁くと彼は振り返り、そして僕を見つめてくれながら言う。

「あなたの原作をドラマ化しようという私の判断は、間違っていませんでした。……とても面白かったです。まあ、最終回を終わるまでは安心できませんが」

彼らしい辛口の口調に、反対隣に座っている早瀬くんと田崎さんが笑っている。

「これからますます面白くなりますよ」

「そうそう。オレ達の名演技に期待してください」

二人の言葉に、僕は続きがますます楽しみになる。

「……いやあ、面白かったなあ」

「……早く続きが観たいです。めちゃくちゃ視聴率取れそうだなあ」

首から入館証を下げたテレビ局の関係者達が、口々に賞賛の呟きをもらしている。

……なんだか、貴重な体験をしてしまったかも。

大杉さんから「第一回の放映分を社内で試写することになりました。よかったら先生もいらっしゃいませんか？」という電話をもらった時には、駒形と顔をあわせるのはイヤだなあ、とちょっと躊躇《ちゅうちょ》してしまった。だけど、さすがに駒形の関係者はいなくて、ちょっとホッとした。

「どうでした、紅井先生？」

後ろの席に座っていた大杉さんが、僕に話しかけてくる。

「面白かったです、すごく」

僕は、まだ鼓動が速いのを感じながら答える。

「僕が見学したのはスタジオ撮影だけだったけど……ロケで撮影した部分はあんなふうになってたんですね。まるで映画みたいに迫力があったし、ストーリーの運びも、キャラクターの描き方も完璧で……内容を熟知しているはずの原作者の僕まで、ドキドキしちゃいました」

「ありがとうございます。原作者さんにそう言っていただけて安心しました。スタッフ一同、頑張った甲斐がありましたよ。……まあ、まだ編集作業が残ってるんですけどね」

大杉さんが言い、試写室にいるほかのスタッフ達も、ホッとしたように表情を緩めている。

田崎さんが、

「出ておいて今さらですが、本当に面白いドラマでした。台詞のテンポがよくてとても演じやすかったし、キャラクターも立ってる」

早瀬くんが大きくうなずく。

「そうそう、何より、主役が格好いいしね！」

彼の言葉に、試写室が明るい笑いに包まれる。大杉さんが試写室を見渡して言う。

「さて、放映第二回以降は各自テレビで確認をお願いします。今日はどうもありがとうございました！」

試写室が拍手に包まれ、人々が席を立っていく。興奮した顔で「ファンなんです」「ドラマ、必ず観ますね」と僕に挨拶してくれる人もいて、なんだかちょっと照れくさい。

「ええと……こんなところでなんですが、紅井先生にご挨拶をしたいという人間が」

「え？　あ、はい」

僕が言うと、大杉さんは一番後ろの席に座っていた白髪の男性に合図を送る。立ち上がった彼は年齢は八十歳くらい。なかなかのハンサムで、英国風のスーツに身を包んだ姿は矍《かく》鑠《しゃく》としてすごく格好いい。テレビ局のスタッフがきちんと挨拶をしながら帰っていくところを見ると偉い人なんだろう。

……ん？　僕もどっかで見たような？

彼は、階段状になった客席をしっかりとした足取りで下りてくる。

……誰だっけ？　俳優さんかな？

「紅井先生。突然失礼いたします。テレビ日本の国木田浩太郎《くにきだこうたろう》と申します。ご挨拶が遅れて申し訳ありません」

白髪の彼が優雅な仕草で僕に名刺を差し出す。

「あ、ありがとうございます！」

僕はそれを受け取り……そしてそこにあった『株式会社　テレビ日本　会長』と書いてあるのを見て驚いてしまう。

「……うわ、偉い人だっ……！」

僕は思わず呟いてしまい、聞こえてしまったらしい会長が、僕を見て笑う。僕は冷や汗をかきながら、

「すみません。ご丁寧にありがとうございます」

僕は名刺を受け取り、慌ててジーンズのポケットから名刺入れを出す。そこから名刺を取り出して、彼に差し出す。

「紅井悠一と申します」

「ご著書はいつも拝見しております」

彼は言って僕の名刺を丁寧に名刺入れにしまい、それから僕を見つめてくる。

「今回の撮影中に先生にご迷惑をおかけしたことを、まずお詫びさせてください。……実は、駒形をキャストに推したのはこの私なんです」

彼の言葉に、僕は驚いてしまう。偉い人からの推薦だろうとは思ってたんだけど……まさかテレビ日本の会長が推してただなんて。

「駒形は私の大学時代からの友人なんです。小劇場出身の彼が有名になり、時代劇の世界で活躍してくれているのをずっと嬉しく思い、応援してきました。ですが最近の彼は演技への意欲と情熱をなくし……私はずっと心を痛めてきました。ですから彼のマネージャーから『心を入れ替えて再起を果たしたい、ぜひ記念ドラマに』と言われた時に断れませんでした」

「そう……なんですか……」

僕はため息をつきながら言う。そう聞いてみると駒形もちょっと気の毒な気もするけれど……やっぱり氷川を苦しめたあいつを許せない。

「ですが、私の情けは彼のためにならなかった。あの男はもう二度と、この局に出入りさせません。彼はもう変わってしまった。もう友人だった頃とは別人です」

彼はつらそうに言い、それから僕を真っ直ぐに見つめてくる。

「紅井先生には、いろいろと大変な思いをさせてしまいました。ですが、テレビ日本の開局五十周年記念番組に相応しい、エンターテインメント性に溢れる作品になると思います。素晴らしいいい原作を提供してくださって、本当にありがとうございました」

彼の真摯《しんし》な言葉に、胸が熱くなる。

「こちらこそ……開局五十周年記念ドラマの原作に選んでいただいて、本当に光栄です。っていうか、本当に僕の作品なんかでよかったのか……」

「撮っちゃったし、今さら言っても遅いよ～」

近くにいた早瀬くんが小声で茶化し、大杉さんや残っていたスタッフがくすくす笑う。

「いいえ、先生の原作がいただけて本当によかった。なにせ……私は先生のデビュー当時からのファンなので」

「えっ？」

「大杉くん経由で『名探偵・紅井悠一の事件簿』の話をもらった時には、一ファンとして正直複雑でした。あの世界観を壊してしまったら、そう思って迷いました。ですが、今はその判断が正しかったと思っています。あの……これは職権濫用のような気がするのですが、こんな時でもないとお願いできないと思うので……」

彼は持っていた社名入りの封筒から、いきなり一冊の本を取り出す。それは僕のデビュー作で、しかも……大切に、だけど何度も何度も読まれたみたいに本が古ぼけている。

「できれば、サインをいただけませんか？」

ちょっと恥ずかしそうに言われて、なんだか胸が熱くなる。

「もちろんです。素晴らしい機会を与えてくださって、ありがとうございました」

◆

「すごくいい番組になりそう。観るのが楽しみ」

テレビ局から出た僕と氷川は、美しくライトアップされた樫《かし》の木坂を並んで歩いている。

クリスマスイヴである今夜、街は賑やかで……男同士で歩く僕らもそこに溶け込むことができる。

「あなたには、感謝してる。本当に」

僕が言うと、彼は少し驚いたように見下ろしてくる。

「素晴らしい原作を提供していただいたのは、こちらの方です。私が御礼を言うべきだと思いますが」

「まあ、そうかもしれないけど……自分の書いたキャラクターが実際の人間になって動くなんて、すごくエキサイティングだった。こんな貴重な経験、なかなかできない。機会を与えてくれたのはあなただから」

僕は彼を見つめて言う。

「どうもありがとう。あと、愛してる」

彼は目を見開き……それから照れたように瞬《まばた》きを早くして僕から目をそらす。

「ああ、いえ……それは私も……」

「ねえねえ、ちゃんと言って」

僕が見上げると、彼はさらに照れたような顔になる。

「いえ、ここでは……」

「仕方がない。それなら奥の手」

僕は左手の手袋を外して、彼の右手を握り締める。直に触れた彼の手のあたたかな感触に鼓動が速くなる。

「……あ……」

彼は驚いたように目を見開き、それから心配そうな顔になって、

「寒いでしょう。きちんと手袋をしてください」

「寒くないよ。あなたがちゃんと握っていてくれればね」

にっこり笑って見せると、彼は少し困ったような顔になり……それから僕の手をしっかりと握ってくれる。

「今夜だけですよ」

言いながら僕の左手を引き寄せて……。

「……あ……っ」

彼は僕の手を握ったまま、自分のコートのポケットに手を入れる。手の甲に触れる上等のカシミア。手のひらを包み込む、滑らかな彼の肌。そして、彼の体温に包まれる感じ。

……うわ……。

僕はなんだか泣きそうになりながら、思う。

……どうしよう、嬉しくておかしくなりそう……。

「これなら寒くないですか？」

言いながら見下ろされ、僕はうなずく。

「うん、寒くない。……手、だけはね」

「まったく仕方のない先生だ」

彼は笑みを含んだ声で言い、ポケットの中に僕の手を置き去りにしたまま、自分の右手を出してしまう。

「あ、ダメだよ」

「これならどうですか？」

彼の右手が、ふいに僕の肩に回る。彼のポケットに左手を預けたまま、しっかりと肩を抱き寄せられて……眩暈がする。

「……あ……っ」

頬に触れているカシミアのコート。ぴったりと身体の側面が触れ合って、そこからあたたかな彼の体温が伝わってくる。ふわりと香る彼のコロンに、何もかも忘れてしまいそう。

「……あったかい……」

思わず呟くと、彼は小さく笑って、

「よかった。……これから、まだお時間はありますか？」

彼の問いに、僕は大きくうなずく。

「もちろん。ホテルにお泊まりでもオッケーだよ」

言ってしまってから、一人で赤くなる。

「ああ、いや……あなたが忙しかったら、別にいいんだけど……」

「いいえ」

彼は言い、それからちょっと照れたような顔で僕から目をそらす。

「何？」

「ああ、その……」

彼は僕が手を入れているのとは反対側のポケットに手を入れ、そこから何かを取り出す、
彼の手の中にあったものを見て、僕はさらに赤くなってしまう。

「もしかして、ホテルを取ってくれたの？」

彼の手にあったのは、シンプルな金属製のプレートがつけられた一本の鍵だった。

……ホテル……それって、今夜もエッチしようって言ってくれてるってこと……？

僕は思い、身体を熱くしてしまう。

……ああ、どうしよう？　そう考えただけで、勃ちそう……。

「いいえ、違います。その方がよかったでしょうか？」

だけど、返ってきた彼の答えにがっくりと脱力してしまう。

……なんだよ、そんなに期待しちゃうなんて、恥ずかしいぞ、自分……。

「あ、いや、別に。……じゃあ、どこの鍵？」

僕は言い……それから思わずうんざりしてしまいながら、

「うわ、もしかして省林社の中にある伝説のカンヅメ部屋の鍵とか？　クリスマスイヴにもかかわらず、これからカンヅメになれって？」

「それも違います」

彼は僕を見下ろして、ものすごく真面目な顔で言う。

「もしかしたらご迷惑かもしれませんが……私の部屋の合鍵です」

「えっ？」

その言葉に、僕はものすごく驚いてしまう。

「そんなの、僕が持ってていいの？」

「はい」

彼は深くうなずいて、それから少しためらう。そして僕の目を覗き込みながら囁く。

「もし許されるなら……一緒に暮らしませんか？」

その言葉に、僕は呆然としてしまう。彼は少し慌てたように、

「いえ、きちんとご家族の許可をいただいてからでないといけないのはわかります。ですから、その後に」

僕の心に、甘い喜びが広がってくる。

「そうだよね。僕もそろそろひとり立ちする時期かも」

「本当ですか？」

「うん。でも……」

僕はこれから起きるであろうさまざまな騒ぎを思い、思わずため息をつく。

「ちょっと大変そう。……まあ、まずは兄さんを説得することから始めなきゃ」

「僕、遊びで小説を書いてるんじゃない。本気で作家になりたいんだ」

東峰大学の数学科研究室。秋一氏のデスクの前に立ち、悠一が言う。私は秋一氏の顔を真っ直ぐに見据えながら言う。

「彼には稀有な才能があります。彼が作家を辞めることに、私は絶対に反対です」

私達二人の言葉に秋一氏は呆然とし……それからどこか悲しげな顔で笑う。

「私は悠一をずっと子供だと思いたかったのかもしれない。守るべき、私の小さな悠一のままだと。だが……もう悠一はすっかり大人になっていたんだな。きっとブラコンなのは私の方だ」

彼は言い、本棚のほうに歩く。研究書をどかすと、そこには悠一の本がびっしりと並んでいた。秋一氏は頬を少し赤くしながら、

「実は昨夜、放映されたドラマを観た。ミステリーになど興味はなかったのだが……とても、面白かったよ」

その言葉に、悠一はとても驚いたような顔をする。

「本当に、兄さん？」

「ああ。今まで私は視野が狭すぎたようだ。これでは立派な研究者とはとても言えない。今朝、書店の開店を待ってすべて揃えたんだ」

彼は言いながら、鞄の中から彼のデビュー作を取り出す。

「さっき、一冊読み終わった。悔しいが……とても面白かったよ」

「兄さん」

悠一は秋一氏に抱きつき、秋一氏もしっかりと彼を抱き返す。

「ひどいことを言ってすまなかった。大好きだよ、悠一」

「僕だって大好きだ、兄さん！」

しっかりと抱き合う二人を見て、私は心の中に熱い何かが湧き上がるのを感じていた。それは感動というよりは嫉妬。

……紅井秋一という存在は、これからもかなりの強敵になりそうだ。

秋一氏から離れた悠一が、チラリといたずらっぽい顔で私を見上げてくる。

「どう？　嫉妬した？」とでも言いたげな目に、激しい欲望が湧き上がる。

……まったく、仕方のない人だ。今夜は泣くまでお仕置きかな？

思いながら睨んでやると、彼の頬がふわりとバラ色に染まる。そして彼の唇に、麗しく、だがどこか淫《みだ》らな笑みが浮かぶ。「お仕置き、大歓迎」とでも言いたげなその笑みに、私は眩暈を覚える。

……ああ、彼には本当にかなわない。

私の恋人は、美しく、いたずらで……そしてこんなふうに本当に色っぽい。

あとがき

こんにちは、水上ルイです。初めての方に初めまして。水上の別のお話を読んでくださった方にいつもありがとうございます。今回の『ミステリー作家の危うい誘惑』は、やり手で堅物の営業・氷川と、やんちゃなミステリー作家・紅井悠一のお話。出版業界シリーズ第四弾になりますが、読みきりなのでここから読んでも大丈夫。ほかの三冊は今回も登場している別のキャラ達のお話ですので、興味の湧いた方はそちらもよろしく！（CM・笑）

私はまったく違う業界で仕事をしていていきなりデビューしているので、出版業界がいまだに珍しくて仕方ありません。業界のほんの片隅にいるので雰囲気を垣間見ているだけなんですが、本当にいろいろな人がいて、いろいろなことが起きて興味深いです。楽しくて不思議でエキサイティングな出版業界の雰囲気、ちょっとでも感じていただければ嬉しいです。

街子マドカ先生。大変お忙しい中、今回も本当に素敵なイラストをどうもありがとうございました。ハンサムな氷川、可愛い悠一にうっとりでした！　担当S本さん、ルチル文庫編集部の皆様、今回もお世話になりました！　そしてこの本を読んでくれたあなたへ、本当にありがとうございました！　これからもよろしくお願いできれば幸いです！

二〇一一年　二月　　　　水上ルイ

✦初出　ミステリー作家の危うい誘惑……………書き下ろし

水上ルイ先生、街子マドカ先生へのお便り、本作品に関するご意見、ご感想などは
〒151-0051 東京都渋谷区千駄ヶ谷4-9-7
幻冬舎コミックス　ルチル文庫「ミステリー作家の危うい誘惑」係まで。

幻冬舎ルチル文庫
ミステリー作家の危うい誘惑

2011年2月20日　　第1刷発行

✦著者	水上ルイ　みなかみ るい
✦発行人	伊藤嘉彦
✦発行元	株式会社 幻冬舎コミックス 〒151-0051 東京都渋谷区千駄ヶ谷4-9-7 電話 03(5411)6432[編集]
✦発売元	株式会社 幻冬舎 〒151-0051 東京都渋谷区千駄ヶ谷4-9-7 電話 03(5411)6222[営業] 振替 00120-8-767643
✦印刷・製本所	中央精版印刷株式会社

✦検印廃止

ISBN978-4-344-82172-9　C0193　Printed in Japan